CINZAS NA BOCA
Brenda Navarro

Tradução
Julia Dantas

Porto Alegre
São Paulo
2024
2ª impressão

Para Norma e Angélica
minhas duas mães

Diego Garcia
Surrounded by the waves
Lonely in the ocean
But in every other way
It was full of love
And the warmest fellow-feeling

Vampire Weekend
Sympathy

PRIMEIRA PARTE

I think I take myself too serious
It's not that serious

Vampire Weekend
Sympathy

Eu não vi, mas é como se tivesse visto, porque fica martelando na minha cabeça e não me deixa dormir. Sempre a mesma imagem: Diego caindo e o som do seu corpo ao bater contra o chão. Então acordo e penso que não aconteceu comigo, nem com Jimena, nem com Marina ou com Eleonora: aconteceu com Diego; de novo e de novo, na minha cabeça o som, como uma pancada, como um vidro se quebrando em cacos e se encaixando de súbito num saco de pancadas, de repente, sem avisar. Seco, contundente, um encontrão entre costelas, pulmões e asfalto. Assim: pum. Não, assim: pooom. Não, assim: crag. Não, assim: drag, dragut. Não, assim: paaam, clap, crash, bruuum, brooom, gruuum, grrr, grooo... E um eco. Não, não existe um som que descreva o barulho que deu para ouvir. Um corpo se espatifando contra o chão. Diego querendo ser estrondo, querendo interromper a música do seu corpo. Diego nos deixando assim, com ele suspenso entre nós. Diego, uma estrela.

 Eu não vi. Nem a minha mãe. Nós duas estávamos longe. A minha mãe mais longe que eu, porque ela já estava longe da gente desde antes do Diego se suicidar. Minha mãe, nove anos fora.

 Quando Diego tinha cinco anos, para ele, a minha mãe estava no céu e, quando um avião passava, dizia: Olha, aquela é a minha mãe no céu. Aquela não é a minha mãe, trouxa, eu respondia, mas Diego insistia que sim e dava tchau com a mão e depois contava para ela quando ela nos ligava: Mamãe, viu quando eu te dei tchau ontem de tarde? E a minha mãe: Sim, sim, eu vi. E o que você estava fazendo? Ah, pois estava te olhando, quando vejo

que vamos passar perto de casa, eu já me preparo e abano pra você. Você viu que eu também te dei tchau? E Diego, banguela, mostrava seus poucos dentes e dizia: Sim, sim, eu te vi.
E então você quer ser piloto pra trabalhar com a minha mãe no céu? Não, eu quero voar sozinho, sem avião: eu, no ar, sem capa. Mas não tem como. Tem, sim. Não, não tem. Sim, tem, sim. Não, Diego, não tem como voar. Sim, tem, sim. E Diego conseguiu, por alguns instantes: seis segundos. Pelo menos foi o que disse o vizinho da frente, que foi quem marcou no relógio do telefone quando se virou para perguntar à esposa se ela já estava chamando a polícia. Seis segundos. Sim, você conseguiu voar, Diego, seis segundos. Do quinto andar até a calçada. Seis segundos, irmãozinho. Você consegue tudo.
Será que você pensa em mim? Pensa? Não, Diego, você não pensa em mim, porque você está morto.

Vem cá, vem aqui. Senta. Você tem que ser uma mulher forte, porque já é uma mulher, não é verdade? Sim, já é. Eu vou embora e vocês vão ficar, mas não pra sempre. Nada é pra sempre, já te disse: é por um tempo, depois vocês vêm comigo e tudo vai ficar bem. Não, não faz essa cara, porque é justo essa cara que eu não quero que você faça. Tem que chorar por tudo? Eu vou embora, porque o que estou fazendo aqui? Sim, já sei que disse isso da outra vez, mas da outra vez foi diferente. Foi diferente porque foi diferente. Você era diferente, eu era diferente. Mas você sabe o que não muda? Exato, que você continua comendo todos os dias. Entende? Sim, você entende, entende perfeitamente. Você pensou no Diego? Tão pequeno, tão indefeso, tão bonzinho. Já olhou pra ele? Você na idade dele já estava brincando sozinha, e ele é tão dependente, igual ao pai, igualzinho, mas melhor que não seja igualzinho, porque vamos educar ele de um jeito diferente, não é verdade? E é aí que você entra. Tem que ser você, porque, se não for você, em quem vou confiar? Na minha mãe, no teu avô? Tenho que confiar em você e você tem que confiar em mim. Já chega de fazer pose de sofredora, de quem não sabe o que quer. Não saiba, ninguém sabe, é assim pra todo mundo. Você vai me ajudar porque só nos ajudando é que vai ajudar a si mesma. O que fizer hoje, o que decidir hoje, vai te ajudar amanhã. Não é verdade? E por isso você não vai fazer drama pra cima de mim e por isso vai ficar muito calma e todos os dias vai acordar e vai dizer que sim, que isso é o que precisamos. Ou você quer ficar pra sempre assim, neste quarto, nesta casa, nesta cidade? Não quer, mesmo que ache que sim, não quer.

Eu não disse nada, nem chorei, nem disse que sim, nem disse que não. Minha mãe e seus solilóquios, minha mãe sendo minha mãe. E foi embora. Numa manhã de segunda, enquanto Diego estava dormindo. Shhh, não faz barulho que você vai acordar ele. E eu olhava torto pra ela, muito torto, como se meu olhar pudesse transmitir tudo o que ela não me deixou dizer. Eu te odeio e você me odeia e nós nos odiamos e você odeia o meu irmão que não te deixa dormir e odeia tudo: odeia a si mesma e os meus avós e o teu marido morto e eu. Você me odeia e por isso me deixa o teu filho, e por isso se faz de mosca morta, mas na verdade você já está se imaginando no avião, já está no avião, sua miseravelzinha, já está lá. Você já está se vendo muito europeia, muito do mundo, muito subindo num avião. E tudo isso eu dizia com o olhar, mas mantinha os lábios apertados e o estômago espremido, como se ele quisesse grudar no intestino, virar uma coisa só e fazer goro goro.

Me dá um beijo, ela me disse, e aproximou sua bochecha da minha, a dela estava fria, mas bem macia. Porque a minha mãe sempre sentia frio. Era tão magra e tão hipoglicêmica que sempre tinha o corpo frio, e eu imaginava que o coração era igual. Me dá, ela exigiu, e de novo aproximou a bochecha de mim e fiz o som do beijo: muack. Estalei os lábios. Então ela fez carinho no meu ombro e me encarou firme nos olhos: Nós vamos nos encontrar e você vai comigo e com Diego pra Madri e tudo vai ser diferente. Melhor e diferente. Tudo sempre é melhor e diferente. Não é verdade? E foi embora... E eu vi que ela tinha deixado seus brincos, os que usava sempre, e fui pegá-los e quis sair pra ver se o táxi continuava ali pra entregar a ela, mas não estava mais, já tinha ido. Quando ia começar a chorar, Diego chorou antes e corri pra cama dele pra pegar ele no colo e agradeci por ele ser um bebê e não saber fazer perguntas.

Não foi pouco tempo, mãe. Foram nove anos. Isso foi o que eu disse quando a minha mãe quis se convencer de que a vida lhe tinha passado a perna. Sim, foi pouco tempo, o suficiente. Ou o quê? Você acha que chega aqui e é recebida no aeroporto pelo rei da Espanha que te diz: Olá, olá, bem-vinda, como vai, entre, por favor, estamos te esperando? Não. Foi pouco tempo, porque para algumas pessoas as coisas são mais difíceis, porque nem todas têm condições, porque cada voo custa muito dinheiro. Ou o quê? Você acha que alguém pensa: Ai, não bebo nunca, mas agora vou beber menos, enquanto aqueles lá ficam aproveitando os euros que eu mando pra eles? Ou o quê? Você acha que eu não sei que vocês abusavam e me chantageavam porque eu estava longe e me faziam dizer sim pra tudo?

Você não dizia sim pra tudo, mãe. Sempre disse não quando pedíamos que fosse nos visitar no Natal. Você não ia, mas ficava passeando, ficava conhecendo a Espanha enquanto a gente estava esperando Diego dormir quando ele ficava inquieto, porque não era sempre que você ligava. Você não dizia sim pra tudo, mãe, porque muitas vezes pedi que me deixasse sair com as minhas amigas e você controlava as minhas saídas e mandava mensagens e queria saber onde eu estava o tempo todo e eu pedia que você me deixasse em paz, porque eram mais de onze mil quilômetros e, mesmo assim, você ficava no meu pescoço. E você dizia não, que não ia me deixar em paz, porque as mulheres são mortas, estupradas, sequestradas, e por isso você ia nos trazer pra cá. E olha.

Alguém te estuprou, te sequestrou, te encontraram no Río de los Remedios, te ficharam? Não. Você continua aqui. Era o que ela dizia, e sempre a mesma ladainha. Se jogava chorando na cama, igual a quando Diego tinha cinco anos e eu tinha que ir atrás dele e dizer que pronto, que se acalmasse, que tinha que tomar banho, e ele me enfrentava e dizia que eu não era a mãe dele e continuava chorando até que eu me exauria e lhe oferecia doces, e então ele já me olhava diferente e me dizia que bom, estava tudo bem, mas qual era o sentido de tomar banho se de qualquer forma ia se sujar de novo. Assim ficava a minha mãe: Quanto tempo, quanto tempo? Quanto tempo eu tive com ele de verdade? E certamente havia sido pouco: nem por dois mil dias ela teve Diego consigo. Três anos desde que nasceu e o tempo que ele morou em Madri. A minha mãe teve isso: cinco anos com Diego. Mas que a vida lhe tinha passado a perna, nisso eu não acreditava. A minha mãe podia ser tão boa mãe quanto quisesse, a melhor e mais dedicada trabalhadora, mas a vida não lhe passou a perna, nem com relação a Diego, nem com a Espanha, nem comigo.

É verdade que teve que levar uma vida difícil. Ao contrário da tia Carmela, porque essa era sustentada e dela cuidavam e enchiam de mimos. Ao contrário da vovó, que era cheia de te odeio muito, meu marido, mas quando ele pedia, lhe cozinhava mole com folhas de onze-horas e dizia que isso era amor. Não, para a minha mãe, dentro da sua família, restara o papel de ser a mais feia, a sem graça, a apagada. Ao contrário da sua irmã, que era vista como branca, ou da tia Margarita, esposa do meu tio, que usava leggings justas pra mostrar a bunda redonda que ela tinha. Não, de fato diziam que a minha mãe era feia: nariguda, cadeiruda, pele escura, lábios grossos e sem contorno. Magricela, mirrada. Feia de voz, feia de senso de humor, tudo feio. E por isso, quando se casou e teve Diego, todos ficaram muito contentes e todos quiseram fazer festa e todos quisemos vesti-la de branco: porque era seu momento. Seu momento. Por isso dançamos e cantamos e colocamos flores no cabelo dela e o meu avô pediu um empréstimo no banco e colocamos mesas e cadeiras e uma lona branca no pátio e a minha avó mandou fazer carnitas de Michoacán e contratou uma senhora para fazer tortilhas na chapa e se encarregou de fazer os molhos e de chamuscar as pimentas e de deixar a música em volume muito alto e de fazer com que todos ficassem sabendo que a filha estava se casando. E o noivo, que noivo, diziam todas, tão bom, tão trabalhador, tão quieto, tão suave. Salário integral, horário limpo, o espermatozoide perfeito para que Diego nascesse. E assim passamos dois anos, dois, até que ele foi diagnosticado com câncer e virou fumaça em poucos meses. Pum, do nada, da noite pro dia: num dia, todos felizes; no outro, todos tristes. E a casa do meu avô ficou escura, ou ao menos foi o que eu achei, mais escura, mais suja, mais normal. Uma casa qualquer, com uns avós quaisquer, com uma mãe que, além de feia, estava deprimida, e eu sem ninguém pra brincar, além de Diego dependurado na minha saia.

Do marido da minha mãe não lembro quase nada, só duas ou três cenas, e é melhor assim. A última vez que o cumprimentei, ele estava na casa dos seus pais e a minha mãe nos levou para visitá-lo e eu fiquei no pátio e o vi sair do quarto e não era o marido da minha mãe, mas o espectro do marido da minha mãe. Assim, nessa ordem, nessa ordem de palavras. O espectro. Não quis subir para cumprimentá-lo porque fiquei mesmo triste, nem quis que Diego fosse. Nunca mais o vi. Nem nos levaram no funeral, nem me avisaram. Soube depois, quando a minha mãe voltou para a casa dos meus avós e foi para a cama. E Diego?, eu perguntava para ela. Não quer ver Diego? Mas a minha mãe dizia que não, que não podia ver Diego, porque Diego era o retrato vivo do pai, isso mesmo. E então, a minha avó pegava Diego, e o meu avô me pegava e me levava para comprar livros ou ir ao cinema. Foi assim quase todos os dias, até que um dia voltamos do mercado de quarta-feira com nossos picolés de nozes e de baunilha e nossas cem gramas de gotas de chocolate e a fruta da semana e não encontramos a minha mãe no seu quarto, nem as suas roupas, nem a mala da minha avó. Foi embora!, a minha avó disse, com a raiva que eu mesma senti quando a minha mãe foi embora anos depois para Madri. Essa desgraçada foi embora e nos deixou os filhos! E o meu avô me disse para ir ver televisão e que levasse Diego, e Diego e eu nos sentamos e vimos três vezes o mesmo filme, e depois pedimos outro e colocaram outro, e assim passamos uns dois meses, vendo filmes o tempo todo, até que entramos na escola e nos acostumamos a não ver a minha mãe. Quanto tempo passou até que voltasse antes de ir embora? Não lembro, como tampouco lembro do seu marido, nem lembro como eu era naquela época. E não importa, porque, de todo modo, eu já estava quebrada e comecei a não escutar mais.

Justa a vida não tinha sido nunca. Não na nossa casa, não com a minha mãe como mãe solteira. Pra ela foi um favor pegar barriga desse jeito, como não? Isso é o que dizia a minha avó, porque era óbvio que acreditavam que a minha mãe tinha engravidado de primeira, porque, óbvio, ninguém em sã consciência ia querer engravidá-la. O que aconteceu, quem era o meu pai? Pois teu pai, teu pai é o teu avô, porque ele cuida de ti, porque ele te alimenta, porque ele traz dinheiro pra casa, me dizia a minha avó. Mas sobre o meu pai, nada. Quem foi, quem era, como aconteceu? Pois não sei, me dizia a minha avó, e pensava em voz alta: Eu acho que estupraram ela, eu acho que foi isso que aconteceu, e você sabe como é a tua mãe, não fala nada e fica quieta e com raiva se fazem perguntas. Mas eu acho que estupraram ela, e que a coitada acha que tem que se virar com isso sozinha. Eu às vezes quero dizer a ela que conte, que não tem problema, que eu vou escutar. Mas e você, o que diria?, eu perguntava. Pois não sei o que diria, mas algo eu diria, não? Abraçaria ela, não? Pois sim, claro que abraçaria, e claro que diria que pronto, pronto, que estou aqui, que não tem que viver isso sozinha, que não precisa te odiar, que não tem que pensar que quem te concebeu foi você. Talvez dissesse isso. E perguntaria se ela conhece o meu pai? E a minha avó ficava brava e me dava um tapa quando eu fazia essa pergunta. Menina pentelha, estou dizendo que estupraram ela e a única coisa que você quer saber é quem é o teu pai! E daí que não tenha pai? Te falta alguma coisa, te falta amor, carinho, brinquedos, comida? Pra que quer saber quem é teu pai, pra quê? E eu baixava a cabeça porque não sabia, mas queria saber. Não sei o que quero saber, mas quero saber, eu dizia. E então ela voltava ao assunto: Eu acho que estupraram ela, acho que foi isso que aconteceu, mas você sabe que a tua mãe não fala nada e não abre o bico e não quer e não vai dizer nada. Porque quando eu tinha treze anos e o meu pai deixou que os vizinhos me estuprassem, me disse que melhor que fossem os vizinhos do que outros desconhecidos, e eu pensava que não era nada de mais, mas era, porque eu tinha medo de todo mundo e não queria homens perto de mim, mas depois chegou o teu avô e disse que, fosse como fosse, me levaria com ele, e meu pai disse que sim, e ele me dizia que não era pra tanto, que nada nunca era pra tanto e que eu tinha que enfiar na cabeça que a vida não era justa, e me fez duas filhas e um filho. Sem pedir licença, mas com carinho. Eu te amo, me dizia, eu toco em você porque te amo, e eu chorava e respondia que sim, que estava tudo bem. E por isso acho que estupraram ela, mas a tua mãe não fala nada e você sabe que ela não se abre. Nunca se abre, e a vida é assim: as mães querendo abraçar suas filhas machucadas e as filhas machucadas não se deixando abraçar. E eu pensava que a vovó tinha razão, que a vida não era justa, mas não havia trapaceado ninguém, ao menos não a minha mãe, que nunca se deixava abraçar e não abraçava. Trapaceiro, talvez Diego, que se foi, que não disse adeus, que soube que a vida não era justa, mas que não esperou que eu o abraçasse. Não nos estupraram, irmãozinho, não nos fizeram nenhum mal horroroso desses que saem nas notícias, nem naufragamos em jangadas, nem nos espancaram, nem aparecemos em vídeos virais onde as pessoas nos gritam coisas, mas estávamos, sim, machucados, e isso foi o mais perto que chegamos de ser iguais a todos os que nos diziam que éramos parecidos.

A polícia sempre chega rápido demais, mas não nesta ocasião. Não se pode confiar no tempo. Foi a primeira coisa que escutei no telefone e não entendi nada. O que foi, quem é? É sobre Diego, você mora na rua tal, número tal, andar tal, apartamento tal? Sim, sim, moro aí. Quem está falando, o que houve com Diego? Silêncio. Filha, onde está a sua mãe? O que houve?, repeti.

    Meu corpo nesse instante era só um redemoinho seco, quase pedregoso, com terra, daquela que arde nos olhos, que não deixa enxergar e que obriga a colocar as mãos no rosto e que deixa o corpo todo indefeso. E zás: o vento como pancadas. E zás: a hecatombe dominando as pernas e o tronco e o cabelo e eu com as mãos sobre os olhos porque a tempestade de areia não me solta. Pum, pas, quash. Golpe atrás de golpe, rápidos, como no boxe. A notícia da morte do meu irmão por nocaute. Nem duas nem três quedas. Só uma. A dele. Menina, está aí? E os malditos olhos arenosos, e o corpo a mil por hora, e as pessoas do outro lado da linha. Menina, está aí? E a sua mãe, como podemos falar com a sua mãe? Gruuum, grooom, o estômago. Sempre o estômago: na prova de inglês para demonstrar que eu era capaz de saber o mesmo que os espanhóis, ainda que eles ficassem surpresos ao ver que eu sabia mais; aí o estômago ruim e meia hora no banheiro e com menos tempo para responder o questionário e a mulher da secretaria achando que eu estava me fazendo de sonsa e até me pediu o celular porque achava que eu estava colando. O estômago ruim no primeiro dia que a minha mãe foi para a Espanha, aí eu, no banheiro, o dia inteiro e depois com o chá de camomila que o meu avô fez. Ou no dia que Diego ficou doente e tinha febre e eu achei que era culpa minha, porque era a primeira vez que os meus avós me deixavam sozinha em casa com ele. O estômago. Diego, fica sentado vendo tevê!, eu gritava para ele com a porta do banheiro aberta, porque o maldito estômago. E assim, sempre, o estômago. Goro goro. Como um som oco que quer vir à tona para não passar despercebido. Sim, estou aqui, o que houve? Não, não sei onde está a minha mãe.

Diego gostava de Vampire Weekend. Escutava todos os discos. Ou eu acho que sim. Ou imagino que sim. Ou isso é o que quero acreditar que ele escutou antes de morrer. Ou é isso que supus quando vi seu celular. Ou é isso que eu sonhei nos primeiros dias: Diego caindo com a música melosa e grudenta da sua banda favorita. Diego cantando e pulando na sua imaginação, brincalhão, provocando todos: Já vou nessa, paspalhos, vocês não me alcançam. E a música de fundo, como um videoclipe. Que Diego risse, que Diego fosse música e que seu voo fosse uma pegadinha, um doçuras ou travessuras, o "Se você não me der, eu mesmo pego" ou o "Me deixa, você não é a minha mãe", e seu risinho travesso para que eu corresse atrás dele. Diego: os acordes, os riffs, as guitarras, as batidas. Diego: a voz, a energia que move as cordas vocais de Ezra Koenig, o som que sai enquanto vejo o cantor na tela com o botão do computador no mudo. Diego como significado de algo, mas não de dor. Não suporto suportar sua dor. Diego: música, não silêncio.

Chamavam ele de Cuz. Não por ser um dos culeros do Barcelona, mas porque Diego chamava todo mundo de cuzão, mas ninguém entendia, até que entenderam e acharam que era coisa de cuzão chamar eles de cuzão. O Cuz. Assim dizem que disseram no colégio: o Cuz se matou. Como pode, o Cuz? De quê, como? Foi porque o Bolívia enchia o saco dele ou porque na aula de música o professor disse pra ele não se apoiar contra a parede porque o cabelo oleoso deixava marcas? Foi porque às vezes não levava dinheiro e ficava com fome depois de comer um sanduíche? De quê, por quê?, perguntavam, mas ninguém sabia, e Diego se transformou em murmúrios no minuto de silêncio que fizeram na sua sala e em cochichos culpados, porque, no fundo, ainda que ele fosse assim, do jeito que era, diferente, cuzão, calado, mal-humorado, ainda era boa pessoa. O Cuz virou bom e boa pessoa, ipso facto, para depois virar meme... Para depois virar piada, para depois virar risada e deboche: "Não vai te matar como o Cuz", "Esse pau no cu já tá chorando como o Cuz", "Malditos mexicanos cuzões, güey, vai dizer, güey, anda, aquí hay tomate, güey. Óra-le, güey". E risadas, Diego se transformou em risada cuzona, e talvez fosse justamente isso que ele queria.

Mas o que pode querer um adolescente? Como vamos confiar na sua palavra, se um dia diz uma coisa e, um minuto depois, outra? Eu já sabia que a minha mãe não estava num avião. Eu sei, trouxa, eu sei, mas por que você dizia isso? Por que você fazia ela se sentir mal e fazia chantagens com teus abanos ao ar? Diego sorrindo: Por que você não me dedurava? Porque eu ficava com pena, oras. Mas você não ficava triste ouvindo ela se esforçar tanto, preferia seguir mentindo? Por que você mentia, Diego? Como você era cruel. E por que você não mentia? Por que sempre quer a verdade? Pra que te serve a verdade? E colocava os fones de ouvido e sorria implicante. Pra que quero a verdade, Diego, se igual não vou ter?

Chegamos em Madri no começo de setembro. Diego estava muito feliz que, enquanto seus amigos já estavam na escola, ele não estava. Agora ninguém pode ficar à toa, porque eles já começaram a escola e eu não. E ele ria. E os avós olhavam pra ele contentes, tristes mas contentes, como dizem que os avós devem ser: com o olhar cansado e aborrecido, mas contentes, porque tem alguma coisa que nós, netos, oferecemos que os contenta. As aulas no México começavam em agosto, na Espanha era na metade de setembro. Fomos embora antes do dia 15, não tivemos pozole nem independência.

Recém-chegados, a minha mãe me disse que eu tinha que trabalhar e me levou até suas amigas e suas amigas me levaram às suas clientes e suas clientes me levaram aos seus filhos. Comecei a trabalhar como babá durante as tardes. Minha primeira cliente foi uma mulher cubana: magrinha, baixinha, cansada, com uns peitos impressionantes de tanto amamentar. Eu não te chamo tanto porque não temos tanto dinheiro, mas você me ajuda quando vem, me ajuda muito. E eu dizia que sim, e cuidava do bebê que sugava uma mamadeira e depois arrotava sozinho e se acomodava entre meu pescoço e meu ombro e tinha cheiro de leite, como todos os bebês. Duas vezes por semana. Das quatro às seis. E claro que pensava em Diego e me lembrava de tudo que havíamos tido de passar e do cansaço que eu sentia de ter que cuidar dele e de como não havia uma babá para me ajudar. E aí voltava para o bebê, que respirava muito baixinho, como se não quisesse incomodar, como se soubesse que importunava a sua mãe, como se sentisse que tinha nascido sem permissão, como eu ou como Diego; esse bebê, tão pequeninho, e já sentia que também era um filho não desejado e que, mesmo assim, tinha que mamar e cagar e fazer caretas e me olhar desnorteado e me cheirar e saber que eu não era o cheiro de sempre, mas continuava sem reclamar e eu passeava com ele duas horas seguidas sem nunca largá-lo no berço, porque era melhor quietinho do que chorando. Eu não gostava de ver crianças chorando, nem ele nem as outras de quem cuidei. Dele me lembro bem, porque nós dois víamos a mãe dele pela sacada e ele sempre quietinho atrás da cortina, e eu dizia: Olha, ali está a tua mãe, está cansada, precisa ficar longe de ti, e a mãe estava sentada num banco da esquina com seu celular, e dois ou três minutos antes de terminarem as duas horas, ela chegava e me perguntava como foi, como estava o bebê, e dizia que seus peitos doíam e se preparava para colocar a bomba tira-leite elétrica e me dava o dinheiro que tirava da carteira e depois obrigada e dizia que ia me avisar. E me avisou poucas vezes, porque Jimena nos contou que estava sozinha e que não tinha amigas e que seu esposo não queria mais pagar uma babá e que no fim ela quis voltar para a sua família e que seu esposo bateu nela e a coisa ficou feia porque, como ela era estrangeira, ninguém queria lhe ajudar no edifício e ela, que era dessas cubanas que falam muito alto, não parava de gritar que esse homem tinha batido nela e que seu bebê estava lá em cima sozinho e que tinham que ajudá-la. Mas o bebê ficou com ele e ela foi embora. Por que foi embora, por que todas vão?, perguntei, mas Jimena ria na cumplicidade com a minha mãe e dizia: Mas, menina, você acha o quê? Que queremos ir embora só porque sim? Já tô te vendo com as tuas coisas e teus traumas e tua vontade de dizer: Melhor que aqui me prendam, que aqui me matem. E a minha mãe e ela riam, e eu não entendia esse riso, que me parecia um guincho estrondoso e ofensivo. Mas filhinha, não esqueça que você também foi embora, dizia a minha mãe, e caçoava de mim enquanto me imitava, e as duas riam, e eu verde de raiva, e Diego, longe, com os fones de ouvido, sem escutar, olhando o céu pela janela. Como se nunca tivesse tido vontade de saber do nosso mundo.

Acompanhei Diego até a porta da escola na primeira vez que foi. Não fica nervoso, vai normal, você não vai ser o único. E apontava com os olhos as cabeças com cabelos pretos e peles morenas e os traços típicos de onde éramos. Você vai fazer amigos, não é verdade? E Diego, como se tivesse pés aquosos, avançava devagar, preguiçoso, não dizia nada além de: Aham. E quando já não era possível que o acompanhasse, lhe disse para ir e ele me disse: Até amanhã, e eu disse: Até amanhã? E nós dois começamos a rir e ele se foi, rindo. Primeiro dia de aula e ele foi rindo.

    A tua risada e a da tua irmã. Sempre rindo, não é, filhinho?, a minha mãe dizia para Diego quando conseguíamos jantar juntos. Os dois tão barulhentos, querendo não rir alto demais, mas mesmo assim a risada dele era escandalosa. Escandalosa? Escandalosíssima. E a risada de Diego era música, desafinada, mas música, porque de verdade parecia que dentro do seu peito havia uma caixa de ressonância que fazia sua risada soar até com eco. Um eco imenso, como se dentro dele morasse um mundo, um mundo de vulcões, ou uma mina, ou o que fosse que fizesse com que sua risada fosse cavernosa e imponente. O teu irmão é como esses instrumentos encorpados, pesados, barulhentos. Como uma bateria? Não, como esses que parecem violinos, mas são grandões e não dá pra enxergar a pessoa que toca. Sabe quais são? Esses que fazem um som grave, profundo. Não sei qual é, eu dizia, e Diego dando risada: Não falem de mim que estou aqui, caramba!

    Diego, e quando você disse até amanhã no primeiro dia de aula! E a minha mãe, que já tinha escutado a mesma história cem vezes, de novo me perguntava: Como foi, me diz, como foi? E Diego rindo, tapando a boca, e eu também ria e contava como ele ia andando todo arrastado e bocó até a entrada do colégio e todo nervoso me disse até amanhã e aí de novo as risadas. Vai saber por que tanta risada por essa bobagem. Mas ríamos muito, os três. E a tua irmã fez o quê? E Diego dava de ombros e dizia que não sabia: Como é que vou saber? Eu estava nervoso. E seguíamos rindo, como se tivéssemos escutado a melhor piada do mundo e tivéssemos sobrevivido. Poucos sobrevivem às piadas, poucos têm a graça de saber contá-las, e nós éramos uma piada que ria de si mesma. Sentia que ganhávamos em dobro, por isso eu ria mais, mas a risada de Diego cobria a de todos, era escandalosa.

Nem Diego, nem eu gostávamos de Madri. Não era como esperávamos: fazia frio e fazia calor ao mesmo tempo. Como no México, mas mais frio e mais calor. Não gostávamos que a maioria dos bairros tivesse tantos edifícios tão juntos e tão estreitos e tão grandalhões como jaulas, como prisões, muito sem graça, como se uniformizando a todos, como se nos dissessem que éramos tão pobres que não podíamos ter cores. Além disso, tínhamos ido morar no norte, e ir até o centro nos dava preguiça. Mas se lá tem tantos museus, se tem tantas coisas pra fazer!, dizia a minha mãe, que nunca tinha gostado de museus e que nunca gostava de fazer nada. Mas ir até o centro me dá preguiça, dizia Diego. Em mim também, em todo mundo. Andar de metrô me dá preguiça. O que não te dá preguiça? Os tacos. Mas aqui não tem tacos. Tem, sim, no centro. Não vou até o centro por um maldito taco. Ai, crianças, na idade de vocês, dizia Jimena, na idade de vocês eu não queria parar em casa. E nós também não, dizíamos em uníssono, mas ir até o centro nos dá preguiça. Não tem nada. Como não vai ter? Tem, mas nada que nos interesse. Mas tem... E a mesma ladainha de novo e de novo, mas ninguém ia. Nem a minha mãe, nem Jimena, nem Diego, nem eu. Para o centro, não.

 Se Diego e eu não gostávamos de andar de metrô era porque no México aconteceu uma vez de irmos sozinhos até a estação mais próxima da casa dos meus avós e um senhor começou a me assediar com palavras, e Diego, que era uma criança, já xingava a mãe de qualquer um: Vou quebrar a vadia da tua mãe, paspalho, gritou a esse senhor, e depois jogou nele uma pedra ou algo que encontrou na rua e o acertou. Não machucou o senhor, mas bateu no corpo dele, e ficamos com medo e nós dois saímos correndo e entramos na estação porque achamos que ele estava nos perseguindo. Não soubemos se estava, mas entramos e, assim como entramos na estação, subimos no trem, e ele nos levou longe. Nos perdemos. Não sabíamos voltar. Perambulamos por um bom tempo nas estações com a esperança de que íamos reconhecer a que ficava perto de casa e demoramos um monte e meus avós nos castigaram. Por isso não gostávamos do metrô, nem no México, nem em Madri. Sentíamos que era um lugar sem saída, sufocante, como Madri. Sufocados em Madri, porque a minha mãe disse durante anos que íamos chegar no sonho prometido e não conseguiu sustentar essa mentira: nem promessa, nem conforto, nem nada. Eu talvez me sentisse até um pouco mais pobre do que no México; talvez até mais retraída e mais malvista. Se no México as pessoas podiam dizer que éramos pobres, e éramos, pelo menos estávamos acompanhados; mas em Madri nos olhavam como pobres e ainda por cima como párias. Alheios a eles. Não são daqui, são panchitos. De onde você é, da Bolívia? Não, do México. Ah, órale, cuate, órale, güey. De onde você é, colombiana? Não, do México. Ah, o Chaves; ah, sim, os tacos; ah, sim, a pimenta. De onde você é?, me perguntou uma vez a funcionária da loja do museu Reina Sofía, quando finalmente demos ouvidos à minha mãe e fomos até o centro: Sou do bairro Pilar, respondi. E ela ficou desconcertada e me senti vitoriosa. Sou de onde moro, pensei.

Sou daqui, moro aqui. Acaso eu pergunto pras pessoas de onde são?, contei para a minha mãe, me queixando. Mas a minha mãe não entendia: Em tudo colocam um mas, em tudo enxergam um não. Então você gosta de viver do que faz, mamãe? E o que tem o que eu faço, qual é o problema? E não havia problema nenhum, mas eu não gostava que a minha mãe, em vez de cuidar da gente, passasse seis dias por semana, quase dezoito horas por dia, cuidando de uma senhora que ainda por cima pensava mal dela. Não pensa mal de mim, você não sabe de nada. Ela te olha do mesmo jeito que os pais espanhóis olham pro Diego quando ele é convidado pras suas casas. Como se não tivesse outra opção além de ter que conviver com você. E a minha mãe estalava os lábios, mas eu sabia que era verdade.

Também não gostávamos de Madri porque tudo ficava longe. As pessoas que tinham planejado o metrô de Madri e o transporte tinham feito de tal forma que um trajeto de três quilômetros era percorrido como se fossem seis. Ninguém me desmentia, mas todos ficavam bravos. Não se pode falar do metrô dos madrilenhos, é do que mais se orgulham. Essa porra de metrô que eles planejaram com a bunda. Mas também ficavam longe os meus avós e os bancos quebrados e os quiosques de suco de laranja nos fins de semana e as feiras e o churrasco e os molhos e os doces e os sorvetes. Mas se é comida, porra!, dizia a minha mãe quando nos negávamos a comer croquetes congelados, ou peixe, ou carne de porco. Não gosto de carne de porco!, repetia sempre Diego, e não queria comer, mas seu corpo alto, robusto, adolescente o vencia. Não gosta de carne de porco, mas come mesmo assim, dizia a minha mãe, farta da gente. Não gostam de nada, não querem nada! E era verdade que nada queríamos: éramos como duas crianças pequenas fazendo birra porque não gostávamos da vida, porque não queríamos nos adaptar, porque não deixavam que nos adaptássemos.

Você é panchita, me disse uma vez um cara alto e grandalhão na rua, e cuspiu em mim, e eu me enchi de ódio, sem hesitar olhei na cara dele e disse: Vai meter no cu da tua mãe, e continuei caminhando com o passo bem firme, e enquanto ele me seguia debochado, porque nós dois íamos quase no mesmo ritmo e na mesma direção, eu me fazia de forte e olhava feio pra ele, quase altiva, quase em confronto, até que ele seguiu em frente e eu me virei pra subir a rua onde morava. E continuei furiosa dizendo baixinho babaca, babaca, babaca, e subi as escadas e cheguei na cozinha e me servi de água e bebi com essa atitude defensiva que eu assumia quando estava nervosa, e depois Diego chegou e me perguntou o que foi, e eu dei de ombros enquanto continuava tomando água, e ele, que sabia que eu estava dura de indignação, perguntou de novo o que foi, e eu gesticulei no ar dizendo que nada, mas ele insistiu que tinha acontecido alguma coisa com o bebê que eu tinha ido cuidar e o que foi, e eu deixei o copo na pia e olhei nos olhos dele ainda sentindo o ímpeto da minha rigidez e disse: Um babaca que na rua me chamou de panchita e cuspiu no chão onde eu caminhava. Então soltei a respiração contida e comecei a chorar. Mas você é mesmo panchita!, me disse Diego, enquanto me abraçava, e eu disse que sim, que eu era, e continuei chorando nos seus braços que já não eram de criança.

Ao contrário de nós, a minha mãe me parecia estar muito no seu elemento, como se Madri lhe desse vida, como se tivesse estado letárgica todo o tempo que viveu no México e, na Espanha, tivesse dado origem a uma mulher que nunca tinha sido. No começo eu não entendia, porque no México o meu avô cuidava dela, depois foi o marido, depois o pai dela de novo, e ela sempre teve casa e comida e uma mãe que cuidou dela e alguns irmãos que, embora implicassem e zombassem dela, lá estavam, cuidando. Na Espanha não tinha ninguém, só Jimena. Nem amigos, nem muitos dias de folga; e, no entanto, parecia à vontade, apesar de seu corpo minúsculo, seus braços ossudos, seu fiapo de voz. Me parecia confiante. Por quê? Por que você gosta tanto de Madri? Você é como uma estranha pra mim, e ela me olhava e começava seus solilóquios: Pois porque aqui eu sou eu, e você é você, e não temos que dar satisfação a ninguém. Porque aqui você está longe de tudo, como se você não existisse em outro lugar. Mas aqui também não, eu retrucava. O que significa não ser ninguém aqui?, ela me perguntava, debochada. Aqui te enxergam como cuidadora, não como uma pessoa. E o que eu era no México? Certamente não uma cuidadora! Ai, tá, já vem você começar com isso de que foi você quem cuidou do Diego e dos meus pais. Como te dói ter crescido! O que você queria lá?, insistia como se eu estivesse falando com ela em outra língua. Você não entende nada, eu respondia, incomodada, porque era impossível ter uma conversa com ela que não terminasse em gritos. E não, não nos entendíamos: nem ela a mim, nem eu a ela, nem eu a Madri, nem Madri a mim, nem nós a Diego.

Na primeira vez que Diego chegou da escola chorando, eu estava em casa, tinham cancelado um dos meus turnos de babá. Chegou chorando de raiva. Bateu a porta e se enfiou no quarto, e escutei que jogava coisas. O que você está fazendo? E ele dizia que nada. E eu dizia que não jogasse coisas, que não fizesse barulho, que qual era o problema dele, que ele não podia ser tão brutamontes, que não tínhamos educado ele assim. Mas tudo isso eu dizia porque não queria perguntar o que foi que te fizeram, embora quisesse saber o que tinham feito, mas melhor continuar repreendendo ele. Esses malditos cuzões! O que aconteceu? E me contou que tinham roubado seu livro de espanhol e que ele tinha visto e tinha ido se queixar ao monitor, mas que o monitor disse que não podia sair acusando as pessoas desse jeito, e Diego disse que não, que ele tinha visto e que revistasse as mochilas deles, que tinham colocado ali o seu livro, e o monitor disse que não, que não ia revistar nada. Quem te garante que eles estão com o livro? Eu vi! E o que você fez pra eles? Não fiz nada! E que o monitor disse que se encarregaria, mas não se encarregou de nada e não lhe deu ouvidos, e na sala esses babacas continuavam rindo dele. Eu podia ter espancado os paspalhos, me disse com o punho fechado, trêmulo. E eu concordei com a cabeça e disse que sim, que ele poderia fazer isso, mas não ia. Por quê? Paspalhos frouxos malditos. Pela mesma razão que o teu monitor não te deu bola, e Diego franziu os lábios e assentiu. Malditos cuzões, me disse, e prometi que ia comprar o livro dele, e ele disse que não, que ia pegar de volta, e eu insisti que não, que comprássemos o livro e vida que segue, e ele se recusava, querendo arranjar briga, mas eu o obriguei e, dos quarenta euros que tinha ganho uns dias antes, em duas casas diferentes, cuidando dos filhos alheios, comprei pro meu irmão o livro de espanhol que custava 33,40 euros pra ele poder continuar ouvindo sua música no quarto escuro e pequeno que era o dele sem ter que pensar no que acontecia do lado de fora. Para que Diego continuasse sendo Diego.

Não era sobre a escola. Fazia muito tempo já que eu me sentia alienada dela, inclusive no México, quando sabia que, de qualquer forma, algum dia iria embora e tudo que eu tivesse construído lá não ia servir pra nada. Parei de prestar atenção e de me esforçar. Mas com Diego era diferente. Eu queria que ele estudasse, mesmo que fosse difícil. Estuda, Diego, não fica aí paralisado com esse medo que dá pra ver na tua cara quando você não estuda. Você sabe, você consegue! E Diego dizia que não, que não queria estudar, que assim que terminasse o Ensino Médio ia mandar tudo à merda. E vai fazer o quê? Depois eu vejo. Não seja trouxa, a minha mãe não fez tanto esforço pra você vir com essa. Estuda você, ele dizia, e eu mandava ele calar a boca. Estuda você, paspalha. E colocava os fones de ouvido e me deixava falando sozinha, porque não era sobre a escola, era sobre Diego e o desespero que me dava vê-lo se transformar num redemoinho de ideias confusas, sem sentido, porque era visível a raiva encarnada no seu olhar e no modo como caminhava e no barulho que fazia quando suspirava, o vulcão que havia dentro dele. Estuda, Diego, insisti muitas vezes, mas ele aumentava cada vez mais o volume da música pra não escutar.

No primeiro dia que Diego brigou na escola, ligaram pra casa, mas nem a minha mãe, nem eu atendemos o telefone. Eu não ouvi tocar. Continuamos com as nossas coisas, até jantamos na cozinha, trocamos nossos horários da semana e combinamos quem faria quais comidas e para quais dias. Eu fiquei lavando os potes que a minha mãe levava, porque na casa onde ela cuidava não lhe davam alimentação, ela podia comer enquanto a idosa dormia a sesta, mas muitas vezes não dava tempo de lavar os potes, porque sempre havia alguma emergência. Então Diego entrou na cozinha e se deu conta que eu estava ali e se recusou a me olhar na cara. Não vai me dar oi? Mas ele abriu a geladeira, pegou gelo e saiu. Onde vai levar gelo? E claramente vi seu gesto de "Putaquepariu, já me sacou". O que você está bebendo? Mas Diego não estava bebendo nada, ele tinha sim um machucado na bochecha que não fechava, pequeno, mas feio. Que diabos, porra, Diego! E Diego me mandando calar a boca. Fomos pro quarto dele e ele me contou que espancou três, sozinho, mas que os três juntos conseguiram lhe dar uns socos. Eu ganhei, óbvio, mas os filhos da puta conseguiram me bater. Mas por quê, Diego, por quê? E ele dizendo que eu não entenderia. Mas me explica! E ele dizia que não. E eu dizia que sim, que sim, que eu precisava saber. E ele dizia que não, mas me pedia pra assinar a advertência que tinham mandado; e eu dizia que não, não, até que me explicasse. Eu mesmo posso assinar, já fiz isso muitas vezes, mas quis te contar, me disse, aborrecido. E o que te disseram na escola? Me suspenderam, mas nada de mais, não se importaram muito. Ligaram aqui pra casa e tentaram nos celulares, mas vocês não atenderam, me disse como quem toca a bola pra nossa quadra, e então confirmei que era verdade, eu tinha três chamadas perdidas. Mas o que aconteceu? Disse que não aconteceu nada: malditos cuzões, eu só estava por aqui com eles. E depois? Depois nada, e nada, assina isso que eu quero fazer as coisas direito. Não é direito bater, Diego. Putaquepariu, assina isso e me apoia. Me apoia, eu não fiz nada, putaquepariu, eu não fiz nada! E foi o modo como falou, o olhar que fez e o lábio trêmulo de impotência que me levaram a assinar o papel e ajudá-lo para que o gelo não o queimasse. Coloquei na ferida um pedacinho de um band-aid torcendo para que fechasse durante a noite.

Deita, eu fico um pouco aqui com você. Quer ouvir música ou quer conversar? Música, ele disse, e colocamos Vampire Weekend, o disco alegre, o que nos deixava contentes, o que nos fazia dançar aos sábados enquanto esfregávamos o piso e lavávamos roupa. Coloca esse, ele disse, e colocamos e cantamos juntos, baixinho, para que a minha mãe não nos escutasse. E várias vezes tamborilamos os dedos como se dançassem e, quando vi que ele queria dormir, deixei ele sozinho e apaguei a luz e disse boa noite. Deixo a música? E ele disse que sim, coloca de novo desde o começo, mais uma vez. E eu reiniciei na primeira música e baixei o volume e deixei ele dormir.

Depois fui procurar a minha mãe pra dar boa noite e, como quem não quer nada, perguntei se ela não tinha chamadas perdidas. Enquanto ela massageava os pés com creme, fez cara de desinteressada. Ninguém fala comigo. Tem certeza?, insisti. Certeza. Fiquei dois segundos a mais para ver se ela pensaria em conferir o celular, mas não disse mais nada, e eu disse até amanhã e ela me disse pra fechar bem a porta e que na próxima batesse antes de entrar.

No último verão no México, a minha mãe prometeu que viria nos buscar em dezembro, para o Natal. Até eu me emocionei e prometi ao Diego que dessa vez, sim, íamos cozinhar no forno, ele e eu, e que íamos olhar os aviões de perto e que íamos ver a minha mãe descer de um, e Diego disse sim, claro que sim, e eu ouvia ele dizer aos seus amigos que dessa vez a minha mãe vinha buscá-lo e que no Natal íamos estar todos juntos e que ele ia convidar até os avós, os pais do seu pai, porque chega de tantas festas sem a minha mãe, e que ela ia trazer muitos presentes e que importância tinha que ela não morasse com a gente, a minha mãe viria nos buscar e nunca mais nos separaríamos. Mas a minha mãe não se lembrou e, quando perguntamos, em novembro, quando ela chegaria, nos disse que não, que tinha se esquecido e que já tinha colocado suas economias no banco para que, aí sim, no próximo ano viesse nos buscar.

Mesmo com toda essa desilusão, pedi à minha avó que nos comprasse uns frangos e que trouxesse abacaxis e cerejas, porque eu ia fazer umas receitas que tinha visto na internet e, na falta de peru, íamos fazer uns frangos assados muito bons, com batatas e molhos, e a minha avó disse que sim; e fizemos uma festa para Diego e obrigamos ele a nos ajudar a limpar, e vieram meus tios com seus próprios ensopados, mas Diego insistia que minha mãe ia chegar, que essa seria a verdadeira surpresa, que quando menos esperássemos, como presente de Natal, ela ia tocar a campainha e ele ia abrir para ela. E meus frangos ficaram insossos e doces e enjoativos e intragáveis, e mesmo assim a minha avó colocou eles na mesa e festejou e as minhas tias e seus filhos dizendo que lindos, que Diego deveria provar e que eu tinha dotes de cozinheira, e eu com dor de barriga, triste, brava, puta, muito puta, pensando nas mentiras da minha mãe e no gosto ruim dos frangos e eu queria me enfiar debaixo da mesa, mas apenas sorria, e o meu avô se serviu de uma coxa e de batatas e abacaxi e eu via como estava sofrendo pra comer, mas comia, e entre as risadas e as conversas das minhas tias, estávamos ali, os meus avós e eu querendo esconder a ausência da minha mãe. Mas então ela ligou, e a minha avó emocionada, sempre emocionada com os breves gestos de amor da minha mãe, gritou muito empolgada para Diego: É a tua mãe! E Diego, com a testa franzida e o nariz muito empinado, disse que não queria falar, e a minha avó disse sim, vamos, sim, e Diego se aproximou da mesa e sentou e me pediu que servisse frango e a minha avó dizia vamos, atende, e Diego pedindo mais frango, e eu e o meu avô cortando o peito para Diego, e quando Diego pegou o prato ele olhou pra gente com muita raiva e esmagou o peito entre os dedos e jogou os pedaços na minha avó e foi pro quarto e gritou que não queria nem saber, que não ia falar com a minha mãe enquanto ela não viesse buscá-lo. E trancou a porta e não nos deixava entrar e pedimos pra ele abrir e ele começou a bater na porta e grum, grooom, gruuum saía da sua boca no meio do chilique. E por isso a minha mãe veio nos buscar no fim de agosto e nos levou para Madri.

Você pode cantar se for um piloto de avião? Pode ouvir música num avião enquanto voa no meio das nuvens? Acho que não, Diego, você vai ter que prestar atenção nas instruções que te derem da torre de controle. E se eu cantar sozinho, se for cantarolando? Pois talvez cantarolar, sim, mas baixinho, apesar de que isso seria um pouco difícil, porque com a porra do teu vozeirão vai ser difícil cantar pra dentro. Às vezes me dá vontade de cantar muito alto, quase aos gritos, mas é verdade que a minha voz é muito forte, me disse. Por isso que você não canta? Canto na minha cabeça, e às vezes leio as músicas que escuto na internet e canto com os olhos. Ah, tá, com os olhos, seu ridículo. Paspalha. Canta o quê? Ué, canto de tudo, mas, você sabe, Vampire. Então canta, o que vão dizer? Ninguém vai entender nada. Mesmo que venham os vizinhos mandar você calar a boca. Às vezes quero cantar por raiva, acontece com você? Sim, às vezes. E às vezes quero gritar e em vez disso canto, canto muito, mas não sei por que estou com raiva. Sinto que tenho um vazio aqui no estômago, me disse, e apontou pra barriga, e que uma coisa muito quente sobe por aqui, e tocou no peito e então na traqueia, e a única coisa que me acalma é gritar. Acontece com você? Sim, às vezes. E o que você faz? Pois também canto, quando não tem ninguém, quando você está na escola, quando a mãe não está em casa. Canto em voz baixa, mas com a música alta. O problema é que eu quase nunca fico sozinho, me disse. Mas canta, você já é barulhento mesmo. Assim? E começou a fingir que cantava como um soprano, como se estivesse na ópera, e rimos. Eu achava que os pilotos podiam cantar, ou queria achar que sim: imagina cantar enquanto voa, deve ser incrível, me disse recuperando seu tom grave, o de sempre. Sim, deve ser incrível. Você acha que algum dia vamos nos acostumar com Madri? Pois eu acho que sim. Tomara que sim, me disse, tomara que sim, *porque não quero viver assim, mas não quero morrer.*

Eu morava em Barcelona quando Diego se jogou do quinto andar. Estava morando lá há algum tempo. Quando recebi a ligação estava meio dormindo, deitada na cama, e primeiro pensei que fosse um sonho: o zumbido do telefone vibrando me fez achar que tinha alguns mosquitos daqueles arrogantes que apareciam na casa da minha avó no verão. Daqueles que, mesmo que você os espante, se metem na sua pele, te picam com força, te enchem de bolinhas vermelhas. Que nem mesmo acendendo a luz e dando tapas com o chinelo eles abandonam a arrogância: vou te picar, e aí te picam. Igual ao celular: uma, duas, três, quatro, cinco vezes zumbindo até que recobrei a consciência e vi que não estava no México, mas em Barcelona.

 Ele morreu, ele morreu, me disse a minha mãe quando consegui falar com ela, e eu muda pensando que teria preferido mil picadas do que isso que eu estava ouvindo. Assim que pude, desliguei e fiquei olhando pra parede, pensando em tudo que tínhamos vivido em Madri desde que tínhamos chegado: nós dois desesperados e fazendo cara feia pra todo mundo, mas com medo demais pra enfrentar qualquer um. Depois comprei minha passagem de trem pra Madri, sentia urgência de ir mas queria atrasar a chegada, então acabei indo pra praia e, no ônibus, rumo ao porto, a palavra "mãe" aparecia incessantemente na tela do meu celular, em silêncio, apenas um toque com aquela palavra que ia e vinha de vez em quando, e eu olhava pra ela como se a minha mãe estivesse presa num tempo e num lugar que eu não conseguia acessar e acabei guardando o celular, e ainda que ele vibrasse e eu sentisse no meu cotovelo, não quis atender, mais uma vez espantando os mosquitos imaginários.

Passei muito tempo em frente ao mar, brincando com a areia, como Diego quando ele tinha seis anos e a gente levava ele no parque e ele procurava a caixa de areia e o meu avô e eu dizíamos que a caixa de areia era pra crianças pequenas e ele prometia que não ia incomodar, mas que, por favor, deixássemos ele brincar, e ele brincava. E era como se eu tivesse Diego na minha frente com o mar gelado que insistia em querer molhar os meus pés e eu não deixava. O que você quis nos dizer, Diego, que eu não ouvi? E o seu corpinho de bebê, com o seu cabelo crespo e a sua pele morena escura, como a dos senhores que passavam entre as cangas da praia e perguntavam se queríamos cerveja e poucas pessoas respondiam, mas escondiam as suas coisas, porque achavam que eles iam roubá-las. Diego assim, no meio de todo mundo, fazendo barulho, fazendo-se notar para depois desaparecer da nossa vista. Assim, assim o meu Diego, o corpinho cheio de areia e os sapatos sujos e eu irritada porque ia ter que limpá-los e lavar os pés dele. Diego assim, sem nenhum fotógrafo na sua frente, sem nenhuma imagem pra percorrer o mundo em busca de prêmios. Ninguém com Diego. O corpo do meu irmão sozinho, sem eco, sem lemas, porque quem se importava com mais uma criança de um bairro qualquer de Madri que sequer tinha nascido ali? Diego, assim, sozinho, na calçada abaixo do prédio onde morava com a minha mãe, com dois ou três curiosos morrendo de fome e de esperança como ele; assim Diego, sem um mar ao fundo, nem areia, nem Instagram, nem artistas e jurados dizendo que sua morte foi simbólica. Assim, sozinho, sem que ninguém pudesse lhe dizer que não fizesse aquilo. Ninguém com Diego, e sua dor triunfando sobre a sua própria vontade. Ninguém com o seu sangue no asfalto, nem a porra dos mosquitos.

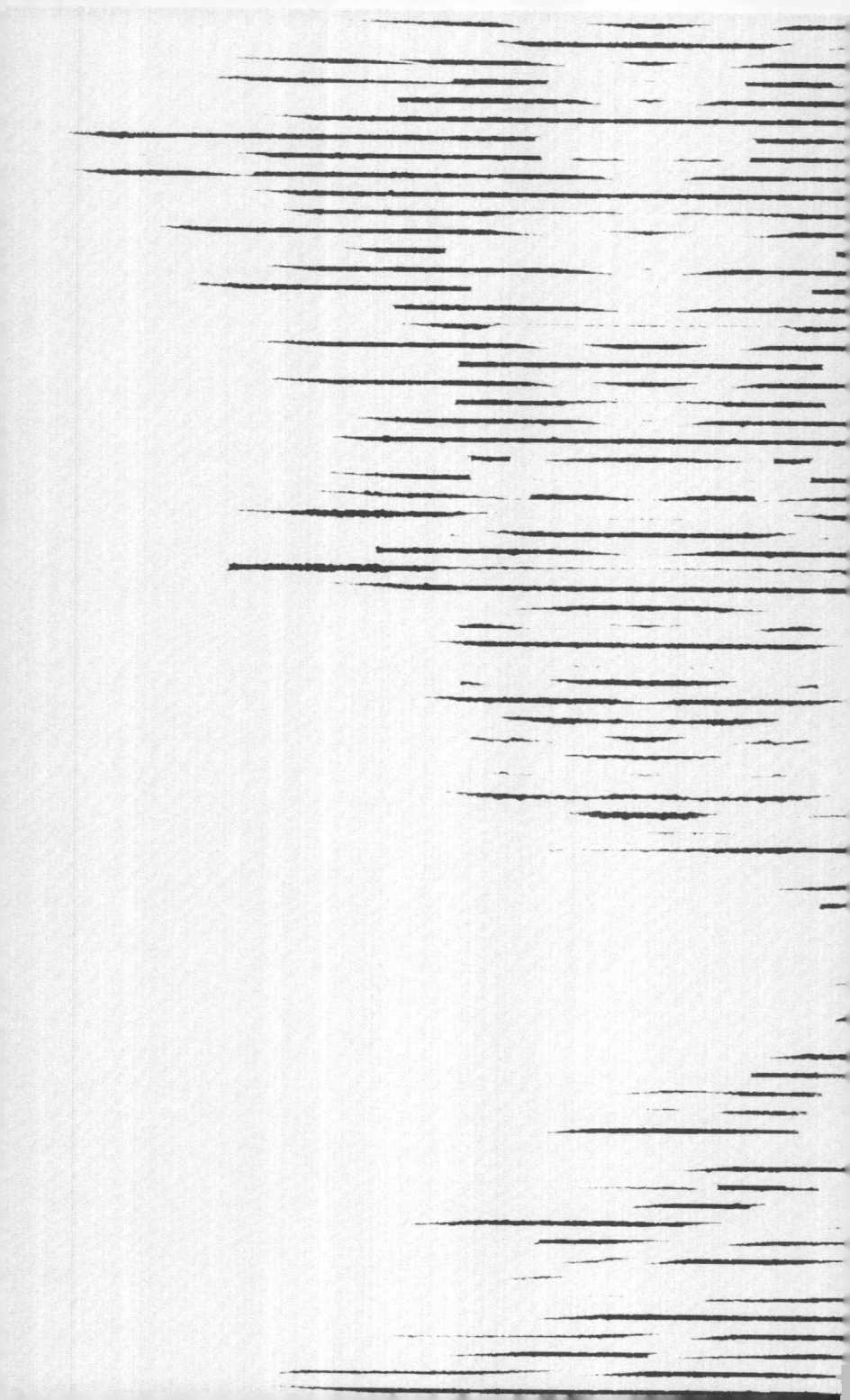

SEGUNDA PARTE

Esperei até a hora do almoço no Passeig de Sant Joan. A entrevista era às onze e meia, a mulher que ia me entrevistar pra cuidar dos filhos não apareceu. Eu estava morrendo de fome, mas ainda não conseguia me acostumar com o café da manhã de café e pão com tomate e em pagar quase quatro euros por isso. Me senti sozinha. Já eram três as pessoas que diziam ser muito próximas de Martina e que tinham me prometido um emprego e todas me decepcionaram. Eu não tinha tanto dinheiro. Sentia falta de casa, mas não queria voltar. Caminhei até chegar na esquina onde ficava a Casa Batlló. Eu gostava do edifício e, embora a multidão de turistas não me deixasse ver a entrada, me conformei em ver as janelas. Escrevi mensagem pra Martina uma segunda vez e então esbarrei num casal de homens apaixonados que não queriam largar a mão um do outro pra chegar na bilheteria. Como se do alto de seus quase dois metros de altura não tivessem conseguido notar a minha presença. Ou, justamente porque notaram, não se importaram de me ignorar. Paspalhos, pensei. Cuzões. O que resta é você aceitar ser doméstica que dorme no emprego, Martina me respondeu a mensagem. Tudo acontece ao mesmo tempo, pensei. Todos os problemas sempre vêm juntos, como se quisessem competir entre si pra ver qual deles vai nos fazer perder a cabeça. Uma pequena escada, um pequeno pedaço de tapete e tropecei de novo, dessa vez contra um grupo de mulheres fazendo compras nos dois sentidos da calçada, como se estivessem num grande quarteirão. Fingi entrar na fila pra comprar ingressos para o museu pra não parecer tão idiota, tão deslocada. Disse que sim. Aceitei ser doméstica por quatrocentos e cinquenta euros ao mês. Sem carteira assinada, Martina me disse. Os domingos são teus e se dê por satisfeita, que isso é um luxo. Engoli em seco. Disse que sim. O céu nublado, um branco quase acinzentado, começou a chover em mim. Saí da fila e fui caminhando até a estação de metrô. O céu branco daquele dia é o que mais me lembro de Barcelona.

Estava há menos de duas semanas no apartamento onde comecei a trabalhar de doméstica e já queria ir embora. Não dormia sozinha. Dividia o quarto com a senhora de quem eu tinha que cuidar. Ela roncava e cheirava mal. Por mais que eu limpasse sua pele, seu cabelo, sua boca, ela cheirava mal. Descobri que era a capa protetora do colchão que tinha aquele cheiro rançoso que me dava vontade de vomitar. Descobri porque eu vinha me esforçando para limpar lençóis, cobertores, edredons. O piso com água sanitária, os móveis com difusores perfumados, as luminárias velhas e amareladas, mas valiosas, *molt valuoses*, que já não funcionavam, mas que a filha não queria jogar fora. Você não sabe quanto nos custa manter essa casa, tudo aqui é valioso, ela dizia, e eu assentia com a cabeça. Sim, sim, mas e esse cheiro rançoso? Levei quase uma semana pra encontrar a origem. Mantenha tudo em ordem, como se você não estivesse aqui, é importante pra ela, me dizia. E eu concordava: como se eu não estivesse ali. Mas o cheiro aparecia de novo, era insuportável, tinha mais presença do que eu.

    Você vai à praia, é? Sim, eu disse. Você vai gostar, mas não vá a Barceloneta, só tem turistas. Nenhuma praia em Barcelona vale a pena. Você deveria ir a Badalona, pelo menos tem gente do seu país lá, tem um restaurante mexicano na avenida principal. Você sabe chegar a Badalona? Neguei com a cabeça. Bom, não faz mal. Vá onde quiser, ela disse, e depois me deu a folha de tarefas que eu tinha que fazer durante a semana: a receita, o remédio pra mãe dela, os dias, os horários, o cardápio, a roupa dela, a do namorado, a da mãe. Tudo planejado num cronograma quase perfeito que preenchia cada hora que eu passava naquele lugar. E você já pensou no que vai fazer nos feriados de fim de ano? Você não vai pro seu país ver sua família, vai? Sorri. A minha família mora em Madri. Vai? Porque você deve saber que, quando te contratamos, pensamos que você ficaria aqui. Nós queremos ir para os Alpes. Você fica? Você deveria saber que é pra esse tipo de coisa que precisamos de você. Os feriados todos?, perguntei. Sim, bem, os dias importantes, não sei, isso deveríamos ter acordado antes de te contratar. É pra essas coisas que precisamos de você. Bom, não sei, eu disse, terei que falar com a minha família. *Et vaig dir que havies de ser una dona que visqués sola al país, no te'n pots refiar*, disse o namorado. A filha fez um gesto de irritação. Pensa nisso na praia, te daremos cinquenta euros a mais pelo mês se você ficar nos dias de festa! Eu concordei enquanto pegava minha mochila e meu celular e saí sentindo os olhares dos dois cravados na minha nuca.

Eu não queria ir para Madri, mas também não queria que aquela família sentisse que me tinha totalmente à disposição. Cinquenta euros?, me perguntou Jimena. Menina, manda ela enfiar os cinquenta euros no cu e vem pra cá passar os feriados com o teu irmão, que está cada vez mais insuportável, o rapazinho! O que ele aprontou agora?, perguntei, sem vontade de saber. Ah, querida, nem te conto, é de cair o cu da bunda! Mas eu já digo pra eles agora mesmo que não aceito? Não quero que fiquem me desprezando o tempo todo. E se eu disser por mensagem amanhã, quando já não estiverem na minha frente?, insisti. Espera o fim do ano e eles que se fodam!, respondeu com toda a firmeza. Vai tomar um traguinho e aí você decide. Disse que sim e desliguei.

Eu não falava com a minha mãe desde que tinha saído de Madri. Você está fazendo comigo a mesma coisa que fiz com meus pais.

Traidora! E emojis de risos e gargalhadas. Minha mãe sempre rindo de mim. Sempre me rebaixando, demonstrando que as minhas reações contra ela eram infantis, imaturas, bobas e exageradas, principalmente exageradas. No dia que fui embora, tomei coragem. Ela quis pegar as minhas chaves e eu fui pra cima dela, empurrei ela na cama e corri em direção ao meu quarto. Acho que nunca imaginou que eu pudesse enfrentá-la. Mas eu queria ir embora. Não aguentava mais. Peguei poucas coisas e saí de casa. Depois falei com Jimena e ela me ajudou a ir para Barcelona. Você está muito enganada, porque nunca vai ser melhor do que na casa da tua mãe! Mas eu dizia que não queria mais voltar. E ela me apresentou a Martina.

Martina era uma mulher boliviana, casada com um argentino-espanhol. Moravam na rua Consell de Cent. Na altura de Tetuán. Cheguei na sua casa. Ela foi me buscar no trem. Me ofereceu comida porque era muito amiga de Jimena. Passamos por muita coisa juntas, ela disse. Eu vi quando ela chegou aqui e continuava com medo da mãe, porque, quando Jimena se assumiu lésbica, ela lhe deu uma facada. Por isso ela veio pra cá. Se Jimena gosta de você, você é bem-vinda aqui. Mas tem que trabalhar, aqui todos nós trabalhamos. Martina vivia com seu marido, seu bebê de oito meses e com duas sobrinhas. Todas bolivianas. Todas com mais filhos em La Paz e Cochabamba. Todas enviando dinheiro pras suas famílias e todas procurando uma maneira de trazer seus filhos para Barcelona. Todas, também, tentando não ser domésticas que dormem no emprego. Ser doméstica é péssimo, mas é o que tem, elas diziam. Por isso eu não queria ser doméstica. Às vezes eles racionam a comida e você fica com fome. Sempre te desprezam, mesmo que sorriam pra você, eles te desprezam. Te chamam de panchita, não?, eu disse a elas uma vez, querendo contribuir com algo na conversa. E as duas primas riram. Tem que ignorar. Ir em frente. E elas iam, Ainara e Olga já tinham os documentos pra trabalhar e trampavam em vários hotéis de Barcelona. Mas de todos os contatos que tinham, ninguém me respondeu, e terminei em Rosselló, muito perto da Sagrada Família, cuidando da mulher da otomana até esse dia que a minha mãe me ligou à meia-noite.

No celular, eu só tinha os meus avós, Jimena, a minha mãe, Martina e Diego. Não conversava com mais ninguém, não confiava em mais ninguém pra ficar de papo. Diego quase não me escrevia e, quando fazia isso, me mandava memes e piadas. Eu respondia com emojis. Não tínhamos nos falado desde a noite anterior à minha saída de casa. Nenhum de nós estava com vontade de começar uma conversa e fingíamos que nada estava acontecendo. Mas acontecer, acontecia. Só que eu achava que era melhor assim, com emojis e memes, como adolescentes que não sabem conversar. E era assim, menos com a minha mãe. Para ela eu realmente não dizia nada, nem respondia as mensagens que ela mandava por WhatsApp nem lhe agradecia por nada. Ficava com remorso na consciência e sentia sua falta, mas eu pensava: Não. Deixa assim, longe, como o sol. A família a gente tem que manter longe mas presente, como o sol, me dizia Jimena. E eu gostava das coisas que Jimena me dizia.

   Naquela noite, o ritual cumprido, a senhora e eu fomos dormir como de costume: um pouco de gaspacho, umas torradinhas com azeite, um pouco de maçã cozida. Já acabou, senhora? Sim, já acabei. Me leva pra escovar os dentes. E eu ajudava ela a escovar os dentes e a colocá-los de volta. Ela não gostava de dormir sem a dentadura limpa, ainda que a filha tivesse dito que era perigoso. Depois eu penteava ela na frente do espelho e pedia que fizesse xixi. Faça xixi, senhora! E ela sempre dizia que sim, e eu sentava e então passava nela um lencinho umedecido e ela me dizia pra não olhar. Não olhe, por favor, não olhe. E eu dizia que não estava olhando e colocava meu rosto bem na frente do dela e dizia: Não estou olhando; veja, meus olhos estão fechados, e ela se apoiava em mim, enquanto eu manobrava para limpá-la. Mas, naquele dia, a senhora me disse: Não quero mais que você me olhe, não me olhe mais. Sai. Sai do banheiro. Me deixe sozinha, eu sei o que estou fazendo, eu vou fazer sozinha. E discutimos um pouco: eu dizendo não, ela sim, até que me rendi e saí e lhe dei um pouco de dignidade e deixei que ela urinasse sozinha. Depois, aí sim, me pediu que lavasse suas mãos e trançasse o seu cabelo para dormir e que lhe vestisse uma camisola limpa. Coloca a camisola branca que eu tenho no armário, aqui a chave, me alcança a camisola branca. E pegou a chave que tinha na mesinha de cabeceira e eu abri seu armário e peguei a camisola branca e a ajudei a vesti-la. Olha, essa camisola ganhei do meu marido, e eu vestia toda sexta-feira quando chegávamos da praia e tomávamos banho e ficávamos escutando o rádio na sala. Você já viu minha sala de estar e os quadros? São todos originais. Todos de amigos de infância. Todos daqui. E você viu a poltrona otomana que tenho na sala? São lindos os seus móveis, senhora, eu disse enquanto ela tentava se levantar. Você viu como são lindos os retratos? O do corredor é do meu irmão. Ele trabalhava para a Generalitat. E ficou comigo. E a otomana também ganhei dele. Você já a viu? Sim, claro que vi. Eu tinha mulheres aqui que cuidavam de mim quando criança, como você. Mas eram andaluzas, sabe? Você de onde é? Do México, senhora. Ah, mas nós adoramos o México! Suas músicas. Seus mariachis. Não é verdade? Sim, senhora. Venha, vá deitar, já é tarde e amanhã vem a filha da senhora. Vamos, é hora de dormir, eu disse. E ela, teimosa: Mas se ainda não mostrei a otomana! E se levantou e eu a segui até a sala onde estava a otomana e então ela se sentou e me disse: Olha esse tecido, antigo, do século 18. Como os do Palácio Real. Olha, e me estendeu a mão e eu a peguei e ela se sentou na otomana e então nós duas, ao mesmo tempo, no mesmo segundo, nos encaramos, porque a senhora estava urinando. Senhora, não! E a urina encharcando e penetrando todo o móvel e a senhora tentando se jogar no chão e me chamando de burra, tosca. E furiosa, se contorcia no chão molhado enquanto eu tentava erguê-la e ela gritava pra eu deixá-la em paz e largá-la. Me deixa, sua inútil, tosca, índia! E eu soltei ela e deixei que se molhasse inteira enquanto continuava me insultando e eu comecei a escrever a Jimena tentando explicar o que tinha acontecido. Índia, empregadinha, empregadinha!, gritava. Você estragou os meus móveis, sai daqui, sai daqui! E continuou gritando tanto quanto podia, e eu tinha vontade de sair correndo, mas não soube como agir, até que a minha mãe me ligou, justo à meia-noite, e disse: Sai daí. Sai daí. E eu, chorando, quase sem conseguir me controlar, disse que sim, limpando o nariz, disse que sim e ela repetiu: Sai daí e não aceita nem um euro a mais. Amanhã eu te deposito um dinheiro até que você encontre outro trabalho. E eu chorando dizia que sim enquanto ia buscar o balde pra limpar o piso e o móvel e preparava a banheira pra dar banho na senhora que, dois minutos depois, me pedia com sua voz suave que a banhasse e escovasse e alimentasse. Fiz tudo, e a senhora se deixava levar e me pedia mais delicadeza, que a tratasse com mais delicadeza, e eu a tratava com mais delicadeza, mas já não conseguia ser mais delicada, porque dentro de mim aquela otomana não tinha importância nenhuma, e não me importava que tivesse me chamado de índia, o que sim doía era ter que calar a boca e servir, como se minutos antes ela não tivesse me estapeado e me chamado de tudo que é coisa. Com muita delicadeza eu a tratei e voltei a colocá-la na cama e limpei o piso e puxei a otomana para a sacada para que não ficasse com cheiro de urina. Depois mandei uma mensagem à filha dela e disse que essa era minha última noite e ela leu a mensagem, mas não me respondeu. No dia seguinte, às nove da manhã, eu saí do prédio com a minha mochila e nada mais. O namorado da filha me disse antes de fechar a porta: Você deveria voltar pro teu país, panchita. Foi a única vez que falou comigo em castelhano.

Olga era a que mais chorava por estar longe dos filhos. Tinha três. De dois pais diferentes. Nenhum se responsabilizava por eles. Era mãe solteira, jovem. Não conseguia emprego e, como Martina conseguia, deu ouvidos e pediu dinheiro à família toda pra vir pra Europa. Não foi fácil, me disse. Eles pedem muita papelada, não conseguimos tudo. Pedi a permanência quando já estava aqui, levei cinco anos até poder tirar o NIE. E os teus filhos? Eles ficaram lá, com a minha mãe e a minha irmã. Faz só um ano e pouco que paguei a dívida inteira, mas as crianças crescem e pedem coisas, entende? Sim, eu disse. E pensei na minha mãe e em todos aqueles anos que com certeza ela também teve que pagar a dívida e nos mandar dinheiro porque pedíamos coisas. O que mais me dói é o caçula, nem amamentei. Tinha dois meses quando eu vim pra cá. Fazer o quê? Morríamos de fome, todos nós, e eu era malvista porque já tinha filhos e ninguém pra me ajudar. Sinto muito, eu disse. Não sinta, respondeu, com raiva dela mesma por dizer "Morríamos de fome". Não morríamos de fome, entende? É que eu não queria uma vida assim, e via que os filhos da Martina voltavam com dinheiro e roupas boas e podiam sair e comprar coisas, e eu queria isso pros meus filhos, entende? Sim, eu sei. Desculpe, é que eu pensei na minha mãe, eu disse. Então eu vim e agora, escuta, não conte pra Martina, mas estou entrando pra uma espécie de sindicato, entende? Muitas de nós já não querem ser tratadas do jeito que nos tratam. Estamos nos organizando. A tua prima também? Não, ela não. Ela diz que a Martina vai ficar brava, que vai nos dar uma bronca. Sabe como é. Com a Martina está tudo bem até ficar tudo ruim. É sério, você vai ver. Ela é legal com você até que dá uma surtada típica de Martina e aí tudo azeda, e eu sei que ela não vai gostar dessa ideia de nos organizarmos, não vai gostar nem um pouco, entende? Você pode vir quando quiser.

    E eu fui, porque continuava sem encontrar um emprego que não fosse de doméstica. Enquanto isso, Martina tinha me colocado num sistema que ela tinha muito bem organizado: ela alugava casas para depois sublocar a várias outras pessoas. E oferecia a elas o serviço de limpeza que ela mesma fazia, e quando eram casas demais para limpar, ela me mandava, ou Ainara, ou outra pessoa que ela quisesse. Mas em geral ela mesma fazia, então, numa semana boa, eu limpava duas casas e terminava a semana com quarenta euros, que então tinha que entregar a ela, porque tinha que pagar pelo quarto que eu dividia com Olga e também pela comida. E eu entendia que as coisas eram assim, mas não queria depender dela. Vai pra quê, se você nem trabalha?, Ainara me perguntou, mas eu pensava que tinha que ir, porque estar ali, na casa de outra pessoa, me deixava sem chão. Você devia vir pra Madri, insistia Jimena, mas eu precisava mostrar pra minha mãe que podia me virar sozinha, que podíamos ter outro tipo de relacionamento que não fosse ela quem mandava, quem decidia por mim. Então foda-se, dizia a minha mãe. Foda-se, foda-se. E eu pensava: Sim, me fodo, eu sozinha, sem você. Até essa noite em que me disse para sair daquela casa e me mandou dinheiro. Não me fodo sozinha, pensei, me fodo com ela. Fodo com ela, fodo comigo. Mas voltar a Madri, não.

 E fui conhecer as primas. As primas? Sim, porque para que nos dessem trabalho, uma atrás da outra, íamos nos recomendando como primas. Ela é muito boa e muito trabalhadora, é minha prima! E quando você dizia isso, as empregadoras mudavam de postura. Bom, se é sua prima, traga, que vai ser sua responsabilidade. E mesmo que fossem equatorianas, da República Dominicana ou da Bolívia, eram primas. Desde que saibam falar castelhano, tudo bem, que não vamos montar aqui um campo de refugiados, me diziam que diziam para elas nos hotéis. Eram poucas as primas, mas todas já tinham a papelada para trabalhar oficialmente. Eles não podem ameaçar que vão nos denunciar, então já podemos exigir direitos. Quais? Pois todos. As horas extras que não pagam porque dizem que somos lentas. E se antes nos encarregavam de dez quartos, agora dão o dobro. Não dá pra viver assim. E os problemas de saúde? Porque havia de tudo: uma tinha dor nas costas, a outra artrite. E nada, nem licença nem nada. Temos que continuar trabalhando. Ou aparecem mais primas. Sempre tem mais primas, entende? Sim. Entendo. Nunca vão faltar primas, e em vez de passar por cima delas, o que queremos é que de verdade sejamos como primas, entende? Que a gente se ajude, que nos deem nossos direitos. Sim, seus direitos. E que direitos eu tinha? Nenhum, se nem trabalho eu tinha. Logo você vai fazer parte das primas, espera só, vai ver que sim. E comecei a ir nos encontros todas as quartas às seis da tarde.

Nos encontros das primas conheci Carlota e Manuela. Todas as quartas, depois das reuniões, Carlota e Manuela iam dançar num bar cubano. Comecei a ir com elas. Senti que eram minhas amigas. Mamãe zero, eu um. Estava ganhando. Era a primeira vez que tinha pessoas ao meu redor desde que eu tinha chegado à Espanha. E estava aprendendo muito. Com elas entendi que, para ficar em Barcelona, tinha que aprender catalão. Sem o catalão, você não vai ser nada aqui. Você não é nada, nunca, mas sem o catalão, ainda menos. Namora um catalão, é mais rápido, me disseram, e fizeram um Tinder pra mim. Mas no Tinder eu só dei match com Gastón. Uma vez. Argentino, muito ensimesmado. Nada interessante. Mexicana? Che, tu é uma deusa, me dizia. Mas nem deusa, nem nada. Chato, sem tato, um falso. Não encontrei mais com ele e saí do aplicativo.

 Já iniciada no catalão, me matriculei em aulas de inglês num centro muito perto do Passeig de Sant Joan. Era uma escola de idiomas que dava certificados para quem queria ser professor de inglês e, por ser verão, quase não havia alunos. As aulas eram gratuitas. Eu fui, apesar de Martina me dizer pra estudar menos e trabalhar mais. Sim, estou trabalhando, eu dizia, e pagava os quarenta euros semanais que ela pedia. A minha mãe me depositava oitenta por semana. Eu comia mal, dormia mal, mas achava que aprender inglês e catalão ia me ajudar mais do que limpar banheiros. Essa aí já quer se internacionalizar, diziam Carlota e Manuela. E ríamos, mas, de qualquer forma, eu continuava indo escutá-las para ver como se organizavam, e cada vez eram mais primas querendo fazer barulho.

Na aula de inglês conheci Tom. Escocês. Alto, magro, rabo de cavalo loiro. Entrei na sala e ele estava escrevendo frases no quadro-negro. Depois chegaram mais colegas e ele se virou para olhar para todos nós e eu achei ele bonito e ele também me olhou de um jeito diferente. Fiz seis aulas com ele e então ele teve que tirar seu certificado, parou de dar aula e foi quando pediu meu telefone. Tomamos um café? Sim, eu disse. Mas acabou não sendo um café, e sim um passeio pelo parque da Ciudadela. Tudo com ele era uma contradição. Sua cara de cordeiro olhando nos meus olhos enquanto fazia comentários depreciativos sobre a Colômbia. Eu morei três anos na Colômbia, as pessoas são muito boas, mas merecem o que vivem. Parece que têm a corrupção dentro da medula. Não acho que seja o caso, Tom. É diferente. Não, *really*, eu vi, tô te dizendo, morei lá três anos. E então ele pegava a minha mão e me contava coisas que às vezes eu não ouvia, porque algo ficava ressoando em mim, uma espécie de incômodo por saber que o que ele dizia era errado, mas eu não sabia como responder. Mas eu sorria pra ele e deixava que ele pegasse a minha mão. E Carlota e Manuela? Elas são minhas primas. Também mexicanas? Sim, sim. Também mexicanas.

Tom, Tomás pra gente, ia dançar com nós três todas as quartas e depois todos os sábados. Aos sábados, Carlota e Manuela, que dividiam casa com uma italiana que estava ficando com um rapaz de Girona e passava com ele todos os fins de semana, me deixavam dizer que essa era a minha casa. Então Tom ficava comigo e supunha que eu tinha uma casa linda e que eu tinha dinheiro pra viver em Barcelona e pra sair e me divertir. Você tem que pensar mais no seu futuro, não pode seguir nessa vida de bacana. Eu cresci na pobreza, meus pais sempre tiveram que pedir ajuda ao governo, não éramos mimados. Eu sei o que é viver na pobreza. Não quero que isso aconteça com você por não fazer bom uso da sua vida agora. E eu dizia que sim, claro que sim. Você tem razão. Para que você vai ao Sants às quartas com as suas primas? Estamos fazendo nosso trabalho de conclusão do mestrado sobre as trabalhadoras de limpeza que trabalham nos hotéis. Nossa, e como é? Tudo muito interessante, elas estão se unindo pra exigir seus direitos. Nossa, que sensacional! E como está indo? Bem, querem se sindicalizar, não conseguem, mas estão vendo como fazer. Tem uma estudante de direito que está ajudando. E depois se juntaram umas universitárias pra dar consultorias. Impressionante. E vocês o que fazem, também ajudam? Não, nós escutamos pra fazer o relatório pro nosso trabalho do mestrado. Que maneiro, mina, que maneiro! Está vendo? Aprenda com essas mulheres, elas vão ensinar muito a você. Sim, eu dizia, e deixava ele feliz com seu sorriso de quem estava me ensinando a direcionar a minha vida.

Que maneiro, mina, que maneiro as suas primas e você, as pesquisadoras!, debochavam Carlota e Manuela. Você não percebe que vão descobrir a mentira e você vai se arrepender de deixar escapar pelos dedos a tua única oportunidade de casar com um europeu? Casar com um europeu, escapar pelos dedos, eu repetia com escárnio. Casar? Meu cu! E ríamos dos conselhos que dávamos a nós mesmas.

Eu gostava de Tom-Tomás tanto quanto o desprezava. As duas coisas ao mesmo tempo. De repente ele me parecia um menininho que estava sozinho e que ia morrer sem entender nada. Mina, *girl, pretty*, vamos comer comida vegana, *beauty, darling*, vegana pra não matar os bichinhos embora a quinoa que eu como esteja explorando as terras das suas primas, "as mexicanas". E Carlota e eu rindo. Porra, mina, ele nem se dá conta que sou colombiana e isso que morou lá!, insistia Manuela. *Honey, darling*, vamos reciclar tudo pra moça da limpeza poder botar fora nosso lixo. *Hoooooooneeeyyyy*. O filho da puta, *gonorrea*, não sabe nem dançar e vem nos dizer como ser boas *good girls. You need to learn English, honey*, pra eu poder levar você ao meu país sem passar vergonha. E eu ria, porque era verdade e por isso o desprezava. Mas também gostava dele. Gostava dos seus olhos cor de mel e da forma como suas mãos acariciavam meu rosto quando estávamos deitados na cama dele. Gostava que fizesse o café da manhã pra mim e que me incentivasse a aprender inglês. Que me deixasse dormir na sua casa quase todos os dias e que aos domingos fizéssemos piqueniques na praia. Estava tudo ótimo com ele, até que ficou tudo péssimo: fumava muita maconha e brigava aos berros com seu pai cada vez que falava com ele. Ele reclamava de trabalhar oito horas por dia e falava mal dos alunos. *Jackass*, quase todos *assholes*, quase todos *dickheads* porque não conseguiam fazer o sotaque perfeito, porque não levavam o aprendizado a sério. Assim nunca vão chegar a lugar nenhum, assim sempre vão ser o que são. Como vai o seu trabalho? Nunca vejo você estudando. Bem, vai indo. E então eu passava uns dias na casa de Martina ou de Carlota e Manuela e inventava pra ele que estava inspirada. Também gostava dele porque fazíamos planos: No ano que vem podemos ir para a Escócia, pra que você conheça meus pais, passamos o Natal lá. Sim, eu dizia. Quando você terminar seu trabalho e a apresentação, vamos sair pra comer num desses restaurantes japoneses que estão na moda, eu pago. E esse eu pago me parecia tão bonito porque ele nunca me pagava nada. Nada. Inclusive me pedia dinheiro nos dias que eu ficava na casa dele: para o chá, para o pão, para o suco. *Darling*, temos que ser igualitários, temos que contribuir igual. Também não andávamos muito de metrô nem de ônibus, porque ele dizia que estaríamos poluindo, e às vezes caminhávamos quatro quilômetros para chegar a algum lugar. Por outro lado, quando íamos na casa de outras pessoas ou na casa de Carlota e Manuela, ele se empanturrava de tudo: então tem tamales colombianos, e tem salada, me dá dois, me dá três pratos. Comilão, abusivo. Inglês aproveitador. Quer o leite, mas não quer a vaca. Diz pra ele que você não tem emprego! Diz a verdade! Mas eu não sabia mais qual era a verdade, eu gostava muito que ele me respeitasse e que pensasse que eu era muito inteligente e que me fizesse massagens nos pés enquanto víamos filmes ou que me fizesse cafuné quando eu lia. Diz pra ele tirar a cabeça da própria bunda e começar a cooperar, que co-oo-peee-re!, dizia Manuela. Mas nem eu, nem ele nos contamos a verdade.

As primas começaram a criar uma espécie de estratégia de comunicação acompanhadas de várias jovens universitárias que se sentiam comprometidas com a causa. Criaram um blog, um Twitter, um Facebook. Postavam notícias dos avanços que conseguiam, os retrocessos. Denunciavam os abusos sofridos pelas integrantes do coletivo e faziam com elas vídeos de testemunhos, sempre apagando suas caras, sobre as coisas que sofriam. Rosario, do Paraguai, teve um dos casos mais graves: a inalação de tantos produtos químicos de limpeza estava gerando problemas de saúde. E o alvejante estava causando uma erupção na pele. Ela precisava parar de trabalhar, mas se parasse, não receberia, e seu filho estava no último ano do curso técnico, não podia deixá-lo na mão. Então Manuela e Carlota disseram que todas tínhamos que nos unir, fazer greves, fazer alianças com outros coletivos. Várias das primas, por meio das universitárias, se aproximaram de diversos grupos feministas. Tom ficou sabendo. Você tem que dizer pras suas colegas do mestrado que façam algo! *Dear, this is big!* Eu disse pra ele não se meter. Isso é um grande acontecimento! Mas não te diz respeito, Tom, não te mete. Mas ele se meteu. Ele começou a ir nas reuniões, não deixavam ele entrar, e ele ficava do lado de fora, dizendo que estava me esperando. Não me espera, que eu não te quero aqui! Mas ele continuava indo, por que não sei, achava que estar ali fazia dele um revolucionário ou sei lá o quê. Então as universitárias começaram a hostilizá-lo: Vai embora, macho, você não é bem-vindo aqui. Vai embora, pau no cu, não queremos você aqui! Mas eu venho acompanhar minha namorada! Quem é sua namorada? A estudante de mestrado, a universitária, como vocês! Quem?, perguntou a de dreads. A mexicana. Tem três mexicanas, uma delas é minha namorada. As três fazem mestrado. E a de dreads entrou com seu ar de quem pode tudo, perguntou quem eram as estudantes de mestrado e todas nós ficamos caladas. E eu baixei os olhos e continuei escutando sobre como pretendiam fazer a marcha de 8 de março e sobre por que nós, as imigrantes, as trabalhadoras da limpeza, as que cuidávamos dos velhos da Espanha, tínhamos que caminhar na frente. As universitárias disseram que era possível que isso não acontecesse, havia muitos coletivos que também poderiam exigir ir na frente. Então não tem alunas de mestrado aqui? E todas disseram: Não!

Mentiroso, pau no cu, vou cagar no túmulo da tua família!, ela gritou ao Tom enquanto o expulsava. Ele nunca mais voltou ao Sants, mas começou a me hostilizar e passou a me convidar menos pra ir na casa dele e entrou pra uma banda que ensaiava nos fins de semana. Deixamos de nos ver com tanta frequência. Ele só procura você quando quer trepar, me dizia Manuela. Esse filho da puta não te merece, dizia. A tua mãe está sustentando vocês dois há três meses e o filho da puta te trata assim. Elas tinham razão. Mas eu queria transar. Eu também queria umas trepadas. Eu queria tudo!

Hoje você pode?, me perguntava do nada, e eu dizia que podia, mas que estava um pouco ruinzinha, e quem sabe se víssemos um filme. Bom, pode ser outro dia. Não, mas eu quero hoje, só estou meio ruinzinha. Mas o que é ruinzinha? *Are you sick?* Sim, *sick*. Melhor ficar em casa. Não, mas eu quero. *I want to fuck with you.* Bom, vem. E ele ia. E transávamos, trepávamos, fuckeávamos. De um jeito brusco. Sempre brusco. Como se ele não tivesse a capacidade de tocar com delicadeza. Como se tivesse perdido a aula de ternura, de empatia, de reciprocidade no coito. Sexo sem habilidade, mas sexo. Sem dúvida alguma. Mas já não era o mesmo de antes, porque, como ele ainda esperava que eu pedisse desculpas, ficava com cara de bunda. Você nunca vai pedir desculpas por ter deixado que suas colegas me agredissem daquele jeito? E eu só revirava os olhos e ficava quieta, porque o que eu ia dizer? Que explicação ia dar? Você é mesmo um paspalho, eu poderia ter dito, mas acabava só dizendo: Não vamos falar disso. Assim como não falávamos de nada.

    Para que são um casal se não são um casal? Pra trepar, respondia Manuela. Ele é um otário, *gonorrea*. Dá até vontade de ligar pra tua mãe e dizer que você nem estuda nem trabalha, que só fica aí, esperando a hora que te procurem. E pra que eu vou ficar limpando a bunda das pessoas? E pra que eu vou sair limpando banheiros? Por dez euros a hora? Por dez? Aí que está, besta! Ou de onde você acha que a sua mãe tira dinheiro pra te mandar? Acha que ela caga dinheiro? Tudo o que ela tem que fazer, depois de tudo que você viu e escutou com a gente, e parece louca, maluca! Maluca, você está maluca, e não quero que venha de novo nas nossas reuniões, porque você não ajuda, nem se compromete, porque não contribui com nada, a única coisa que faz é levar teu gringo pra que te espere e você se sinta superior. Não venha mais nas nossas reuniões, nem na nossa casa, nem nada! E se precisar de um lugar pra dormir, pois vá e diga a esse otário, filho da puta, pau no cu de merda, que te busque, mas aqui você não fica mais, não mais!, Manuela gritou, e eu não soube o que dizer, porque quando alguém não sabe o que dizer é melhor ficar calada e se fazer de ofendida e dar as costas como a irresponsável que se é. Foi o que fiz, e saí da casa delas. Nem Carlota falou nada, porque eu sabia que tinham razão, mas melhor morder a língua, porque não precisava dar a elas o gostinho de saberem que eu entendia. Pra quê?

Então eu disse ao Tom: Olha, Tomás, Tomasito, eu briguei com Carlota e Manuela porque elas dizem que você foi desrespeitoso com o movimento das primas e que você não respeitou nada e que eu, em vez de apoiá-las, defendi você. Você. Exatamente como estou dizendo, eu não fui lá fora te defender porque estava te defendendo lá dentro e dizendo que você tinha o direito de ser testemunha de tudo, porque as assembleias têm de ser de mulheres e de homens, e não de apenas um setor, e que se as universitárias tinham o direito de dizer como se deve tocar o movimento e de interferir em momentos decisivos pra nós, as imigrantes, quando elas são espanholas, então você também tinha o direito! E você tinha, Tom, Tomasito! E eu te defendi, claro. Eu só não te disse nada porque não te defendi pra dar uma de heroína nem pra me fazer de mártir. Entende? E me expulsaram de casa e não tenho pra onde ir. E Tom arregalou os olhos e me disse: *Would you say that again?* E eu disse: Mas quê? E ele disse: Por que você não me contou antes? E eu, me aproximando dele: Não te disse nada porque não queria dar uma de heroína. E ele me disse que sim, que eu ficasse ali todo o tempo que precisasse, mas que não contasse aos seus *roomies*, porque eles iam querer cobrar mais de aluguel. E eu sim, não vou dizer nada. E ele disse combinado, mas que eu falasse com as meninas, porque o movimento, as primas, os direitos, a independência contra o Estado espanhol, o comércio justo, a república, a democracia, a autodeterminação, os movimentos sociais armados, os escoceses querendo ser livres, os irlandeses também, todos eles e tantos outros, eram mais importantes do que eu e qualquer desejo individual. E comemos salada e atum e um tomate meio amassado que estava prestes a estragar e dormimos sem transar porque ele ficou lendo as mensagens de WhatsApp das outras manifestações contra a monarquia e o Estado e sentia, de verdade sentia, que ia fazer a revolução e mudar o mundo deitado na sua cama.

Do que você mais sente falta do México?, me perguntava Tom-Tomás. Sinto falta do meu irmão. Mas seu irmão mora em Madri. Mas sinto falta do meu irmão, o do México, o que era pequeno e engraçado. Mas ele está em Madri! Mas então, eu sinto falta do irmão do México, não o de Madri, porque em Madri virou adolescente e inútil e teimoso e irônico e uma mula e grosseiro. E Tom-Tomás ria. Você nunca está satisfeita! E acariciava a parte do meu corpo que tivesse vontade, mapeava meu corpo como se procurasse ouro debaixo da minha areia. Ele se concentrava em um ponto e depois em outro; mais do que de um modo erótico, como um explorador que se maravilha com o novo mundo que gostava de contrastar: o branco da sua pele com o moreno da minha. Era assim, ele me tocava e depois colocava a outra mão e olhava para si e olhava para nós e não se cansava de dizer que eu nunca estava satisfeita. Mas eu mentia sempre, não por ser mentirosa, mas porque eu gostava de ser outra com ele. E por isso eu falava de Diego e não do que eu sentia mesmo falta, que era muita coisa, que era tudo, que era a minha avó me fazendo comida, embora às vezes ela perdesse as estribeiras e ficasse furiosa, e o meu avô me levando ao cinema, e o cheiro de umidade do quarto da minha avó, porque melhor se envenenar com mofo do que jogar fora seus quadros e as coisas de antigamente. E sentia falta dos sons das ruas, da música, da barulheira dos carros e da tensão. Principalmente a tensão, a sensação de se sentir sempre vulnerável e olhar pra todos também vulneráveis e saber que aquela porra de vazio no estômago e a insônia não eram por se sentir muito triste, mas porque vivíamos na própria tristeza. Todos éramos uns tristes malditos, sem saber bem por quê, ainda que não nos faltassem motivos, ao contrário, tanta morte e tantos desaparecidos nas notícias e tantos caras te metendo medo na rua porque eles também estavam amedrontados e mal-alimentados e malcomidos e mal-amados. Sentia falta desse sentimento de comunidade, de sabermos que éramos todos uns malditos desgraçados, inúteis, magníficos, apaixonados. Sim, apaixonados, porque para sobreviver precisávamos de muita paixão, paixão que vem da fome, do cansaço, de não aguentar mais. Paixão era o que nos fazia levantar às seis da manhã e odiar as duas horas de trânsito, e o barulho dos ônibus, e o cheiro de quem ia ao lado, e o mau humor do outro, a barriga de todos roncando igualmente. Era disso que eu sentia falta, mas não por ser masoquista, e sim porque ali, na cama de Tom ou na casa da minha mãe, se respirava uma espécie de calma que no fundo era tédio. A Europa me parecia tediosa e velha e solitária. Tantos europeus juntos, viajando, comprando, nos dizendo o que fazer e como fazer e todos eles velhos de corpo e de alma, e sozinhos, muito sozinhos. Nada me satisfaz, Tom! E pegava no pau dele, o *dick*, a pica, e procurava nele o grito, a pulsação acelerada, o momento importante pra esquecer que, apesar de tudo, da calma e da tranquilidade, de poder andar sozinha na rua, de foder com um branco que poderia me tirar do meu status de imigrante temporária, eu não passava de uma limpadora de bunda de adultos e crianças. A que deixava os banheiros deles reluzindo de limpos.

O declínio começou quando parei de ir no catalão. E talvez eu não tivesse parado de ir se não tivessem trocado minha professora. A primeira, Nieves, era alta, com cabelos crespos, bem crespos, e com rugas no rosto e nas mãos, mas com um sorriso amarelo que deixava ela simpática. Na primeira aula nos fez cantar. Ninguém queria. Cantar? E a carinha dos mais novos, todos envergonhados, porque não queriam cantar. Teve um que cobriu o rosto com o lápis e começou a rir alto. Cantar? E a que roeu as unhas, não por ter ficado nervosa, mas porque estava sempre nervosa. Cantar? E Nieves dizendo sim, sim: *Anem a cantar*. E aí ficamos todos olhando uns para os outros, mas sem realmente ver ninguém, até que Nieves disse que ia apagar a luz e que devíamos nos concentrar na letra na tela. *Anem a cantar tots plegats! Oh! Benvinguts, passeu, passeu, de les tristors en farem fum. A casa meva és casa vostra*, e todos pronunciando errado e rindo e tentando cantar. E Nieves sorrindo e cantando. E então como já estávamos todos morrendo de rir, todos começamos a conversar um pouco mais relaxados, e assim foi por duas, três, quatro aulas, um mês, dois meses. E com Nieves tudo estava bem, mas ela quebrou a perna e pediu uma licença. Antes de acabar o primeiro nível, ela já tinha saído. Nos deram uma prova meio de pato a ganso e todos passamos pro nível seguinte, e então quando já éramos próximos fizeram um grupo de WhatsApp e se convidavam pra fazer coisas. E debatiam se o restaurante venezuelano, ou se o colombiano, ou se um traguinho com os árabes do mercado de Sant Antoni. Eu fui uma vez, mas me sentia desconfortável. Era a primeira vez que estava no meio de estrangeiros que não fossem as primas. E me bateu uma tristeza. Como se estivesse no México, mas com uns completos desconhecidos. Que se você tirar o B1, que são umas noventa horas, aí você já tem o documento para o pedido de permanência, para começar a fazer o trâmite da papelada. Que um já tinha conseguido emprego como mensageiro, que outro de motorista, que aquela era balconista. Que as outras, eu não, eu dizia que estudava, limpavam apartamentos, que estavam no aplicativo de nome de princesa. E que, sim, aquelas que cuidavam das idosas ou das crianças, e que as suas mães também. Todas as mães limpavam casas ou eram garçonetes. Como segunda geração, disse a venezuelana, a gente tinha que dar um passo adiante, ser algo mais. O que é mais?, eu perguntei. Pois algo menos difícil. Estalei os lábios. Todas querem ser mais e sequer sabem ser menos. Me olharam de um jeito estranho. E eu entendia elas. Eu estava falando pra mim mesma. Porque eu queria ser mais do que elas, embora também não soubesse o quê. Como no México, aquela estranha sensação de pertencimento, mas ao mesmo tempo de ser uma fraude. Que se fodam todos, menos eu.

Então parei de sair com eles, mas continuei olhando seus grupos de WhatsApp, muito de vez em quando, principalmente nas manhãs que Tom saía pra correr e eu aproveitava pra sair e limpar as casas que Martina me designava. E você diz ao pessoal que recomendem você aos amigos deles? Isso não está funcionando, me dizia. Estou te dando trabalho pela Jimena, mas não dá pra ser assim pra sempre. Sim, eu dizia, enquanto ele me massageava a cintura e as costas.

Por isso, quando alguém no grupo do WhatsApp disse que estava alugando sua conta de entregador de comida, eu disse que precisava. Não era você que estava muito ocupada estudando?, me perguntaram com emojis de carinhas sorridentes. Sim, mas pra trabalhar um pouco. E Leandro me disse que sim, que por ele tudo bem, que eu podia entrar. E entrei. Nos dias que não tinha que limpar casas, ficava *available* no chat de Leandro. Éramos em três, nos dividíamos nos dias pra ganhar mais ou menos a mesma coisa. Um euro por entrega, porque o resto ficava com Leandro, se me lembro bem. O certo é que sábados e domingos ficavam com eles: primeiro, porque eles queriam mais dinheiro; segundo, porque nesses dias eu transava com Tom-Tomás. Essa era a minha situação: com aulas de inglês alguns dias, com aulas de catalão em outros, limpar os apartamentos de universitários em outros, andar de bicicleta entregando junk food. Mas aí Nieves quebrou a perna. E veio Gerard, um senhor já muito velho, aposentado, com um colete cor de café e cinza, cabelo branco, entre careca e não careca, que falava de futebol. Mas não apenas falava de futebol, também falava de ser catalão e de como soavam horríveis todas as palavras em castelhano. Mas esse homem não se dá conta do que está falando?, me dizia meio emputecida, mas também rindo, uma garota loira de olhos azuis. Não se dá conta? Porra, mina, que paspalho. Paspalho?, pensei. Me deu um curto-circuito. Paspalho? De onde você é?, perguntei. Daqui, mina, daqui. E você? Do México. Não pode ser! Morei muito tempo lá. O que você faz aqui? Que vai fazer depois? Pois tenho que trabalhar. Você tem que sair algum dia comigo e com o Mario, ele também é mexicano! Me dá teu telefone, caralho, mina, que vontade de uns tacos, meu nome é Nagore! Me dá teu telefone, vou dizer para o Mario que te mande uma mensagem quando formos num mexicano aqui perto, me disse. E eu fiquei feliz, porque pensei que finalmente ia ter alguém com quem me divertir. Mas o problema era Gerard: cada aula que tínhamos, pura raiva. Ele só ficava reclamando de tudo. Careteando, diziam alguns. Até que um dia, na lição dez, inciso B, havia uma pergunta: O que é preciso para melhorar o seu bairro? E o italiano: Mais bibliotecas. E a venezuelana: Mais bares (e risadas). E a húngara: Menos turistas. E o espanhol: Menos imigrantes. E todos os imigrantes: O quê? Mas esse o quê nós dissemos em silêncio, porque na verdade ficamos mudos enquanto Gerard escrevia no quadro "mais bares". Mas porra, cara, não vai dizer nada pra ele?, gritou Nagore. Todos nos viramos pra ver a reação de Gerard, mas Gerard não disse nada, ou disse, algo sobre como o Real Madrid também tinha muitos imigrantes. Nagore deu um tapa na cadeira e disse: Porra, cara, tomar no cu vocês dois!, e pegou suas coisas e saiu e nunca mais voltou pra aula. Então eu também não quis voltar. Ainda fui duas ou três vezes, mas depois parei. Me incomodava ver Gerard e o espanhol e os europeus e os imigrantes, ou seja, todos, seguirem a vida como se nada tivesse acontecido, como se naquele dia não tivessem dito que nós estávamos sobrando. Não quis mais ir, porque em alguma medida eu quis ser Nagore naquele momento, mas sabia que não era, porque não era nem loira nem tinha essa ousadia. Parei de ir no catalão do mesmo jeito que parei de fazer todas as coisas que eu começava.

Mina, quando você conhecer o Mario, vai pirar. Ótimo cara. Também é mexicano. Nos conhecemos numa exposição. Foi ele que me levou pras aulas de catalão. Mario? Sim, o baixinho, magrinho. Baita cara, tô dizendo, baita cara. Você tem que convencer ele a voltar pro teu país. Não é verdade? O paspalho quer ficar aqui sem documentos. Não precisa disso, não precisa! Esse cara participou de exposições no México, na Argentina, na Espanha, em Londres, e o paspalho quer ficar em Barcelona. Agora você que diga pra ele: Não fique, não fique. Mas por que eu diria isso se eu moro aqui? Por isso mesmo! Vai dizer que você não voltaria pro México se fosse um homem? Sendo mulher eu sei que não, mas homem? Os homens sempre têm mais chances. Não sei, eu disse, incomodada. Eles têm sim, eles têm sim! Não sei. E a Nagore ria. Não fica sentida, eu amo o México, cresci lá! Mais que isso, eu iria de novo pra lá, mas não posso, não tenho como. Por que não? Não, mina, não. Crescer lá, vendo como as pessoas desaparecem, não, não posso. E como matam as mulheres, eu disse. E ela: Sim, isso também, mas aqui também matam, hein, aqui também. Mario, vem aqui, vem cá que a gente vai te convencer que morar aqui é uma merda!

E alguma coisa na Nagore me agradava, sua proximidade, seu ímpeto, seu jeito de estar sempre sorrindo. Essa facilidade pra mandar os racistas tomarem no cu. E tudo que ela me falava, assim, no meu idioma, o paspalho, o güey, o mamar, tudo que eu já não usava, me fazia sentir que éramos amigas, tipo amigas de idioma, tranquila por sentir que poderia continuar falando como eu, sem ter que fingir que queria me neutralizar. Mas nem naquele dia, nem em outro, conseguimos fazer o Mario aceitar a ideia de ir pro México, e ele ficou. Quem foi embora foi ela. Mina, quando eu tiver um novo celular a gente se escreve, quando eu tiver um novo número escrevo pra você e pro Mario! Você fica firme, muito firme! E ela foi embora, acho que para o País Basco, de onde era seu pai, pelo que entendi.

Sem as primas, sem Olga e Ainara, sem Carlota e Manuela, eu não tinha ninguém além de Tom-Tomás. Mas não era o suficiente. Ele não era o suficiente pra mim. Nem sua forma de ser, nem sua forma de transar. Não era o suficiente pra mim. E daí que eu não saiba falar inglês? E daí que nunca nos casemos? Por que eu continuo com ele?, me perguntava, e respondia a mim mesma que era porque não tinha pra onde ir. E eu não tinha, apesar de que a minha mãe dizia pra eu voltar pra Madri, apesar de que eu podia ir até as primas e pedir perdão pela minha atitude tão egoísta, tão sem pé nem cabeça, tão babaca, enfim. E eu estava na pior, porque a limpeza das casas com Martina ficava cada vez mais irregular, e sair pra entregar comida me desgastava demais. Primeiro, porque o sol me deixava tonta; depois, porque fazia tanto calor, era tanta umidade, e eu na bíci que era grande demais pra mim, e tinha que chegar o mais rápido possível. E se eu tinha que ir pra Gracia ou mais pra cima, às vezes queria até chorar: O que estou fazendo aqui? Foi pra isso que eu nasci? Pra isso que os meus avós cuidaram de mim? Mas continuava pedalando e continuava, isso eu tinha aprendido na Espanha, a continuar, a continuar, não tinha como não continuar. Eu continuava e pedalava e tirava a sujeira das casas e lavava cuecas cagadas e mijadas e limpava a cerveja que estava há dias grudenta no piso, e tirava os cabelos da banheira, e tirava a comida podre dos potes que deixavam na cozinha, mas ainda assim eu não chegava no fim do mês; e a minha mãe tinha parado de me fazer depósitos porque estava pagando a terapia de Diego, que já tinha fugido duas vezes de casa, e umas três ou quatro vezes, não me lembro, tinha tentado bater na minha mãe. Falta muito pra terminar seu mestrado? Já não tem o bastante pra nós aqui, me dizia Tom-Tomás quando me via pegar um pão de centeio do armário da cozinha. Eu vou te depositar a minha parte, não precisa se preocupar, eu dizia. E ele desatava nas suas malditas ladainhas de que eu tinha que ser mais econômica, parar de me achar uma madame e trabalhar como todo mundo. Como todo mundo? Se você vive melhor que eu!, eu dizia. Quase te sustento. E ele dizia: Não me sustenta, você ajuda na casa. E fazia contas de tudo, do xampu, da máquina de lavar e do sabão em pó, dos minutos que eu demorava no chuveiro, das vezes que eu não varria o quarto. Mas por que eu voltaria a Madri? A minha mãe tinha mais problemas com Diego. Por isso eu segurava as pontas. E transava, transava muito, porque fisicamente eu gostava muito de Tom-Tomás. Porque queria transar e pronto.

    Aconteceu que uma vez Tom-Tomás me disse que ia ensaiar mais cedo e eu disse que tudo bem, que a gente se via de noite. E depois perguntei a ele onde, e me disse que em La Sagrera, como sempre. Então nesse dia eu não aceitava pedidos pra esse bairro, me fazia de tonta e passava pra algum dos que dividiam a conta comigo. O que eu aceitei era na Barceloneta, e até pensei que melhor assim, aí olho um pouco a praia, e aceitei e levei pra lá quatro hambúrgueres. Terceiro andar, sem elevador. Porta A. Quando eu estava subindo ouvi música, violões e um maldito coro e até dancei. Juro que dancei. E enquanto me movia e colocava o boné do app que Leandro me emprestava e arrumava a bolsa e a calça, eu dançava. Me lembro direitinho. Então abriram a porta e como num filme de quinta categoria eu vi Tom-Tomás tocando enquanto um dos seus colegas recebia o pedido, e ele me disse algo em inglês que eu não entendi, mas todos aplaudiram, até Tom-Tomás riu. Eu vi que no meio do riso solto ele se virou pra ver a pessoa de quem tinham zombado e descobriu que era eu, sua estudante de mestrado, a que carregava nas costas a caixa amarela e azul, e o sorriso dele se desmanchou, sim, mas ele não fez nada. Deixou que seu amigo me pagasse uma gorjeta enquanto os outros distribuíam os hambúrgueres, seus hambúrgueres, o de Tom-Tomás também, e depois fechou a porta na minha cara.

 Fui embora nervosa, a passos largos, com medo de que Tom-Tomás saísse e começasse a me perseguir, então caminhei mais rápido e mais desajeitada e subi na bicicleta e comecei a pedalar e imaginava que de repente ia escutar a voz dele gritando meu nome. Mas ninguém estava atrás de mim. Tom-Tomás nunca esteve atrás de mim, nem nesse dia nem nunca. Aí parei um pouco, porque não conseguia pedalar enquanto meus olhos se enchiam de lágrimas sob os trinta e oito graus da cidade.

Eu não queria esmiuçar as mentiras, mas Tom-Tomás insistiu. Todas. Quero saber todas, me disse. E eu, mais do que chorar de arrependimento, chorava de vergonha. Como uma criança de cinco anos que cai e, mais do que machucar o joelho, não quer ser vista por todos que olham, e por isso chora. O que eu fiz pra você mentir pra mim? E tinha razão. Mas o que eu ia dizer? Pois menti porque, quando se diz uma mentira, é preciso seguir mentindo para sustentá-la. Eu falei a verdade, com sinceridade, mas Tom-Tomás deu um soco na parede com toda a força. Você também mentiu, nem sequer é vegano! E todas as vezes que você fez eu me sentir uma merda porque queria comer uns tacos? Você é um hipócrita!, eu dizia. E ele batia e batia na parede e me gritava sei lá que tantas coisas em um inglês nível C2 muito avançado. Não quero falar com você, não consigo me comunicar com você, me dizia em espanhol e depois passava para o inglês e gritava coisas, colava o rosto perto do meu e falava tão alto que a saliva dele salpicava em mim. Você ainda está com cheiro de cebola do hambúrguer!, eu dizia, como se as incoerências saíssem sozinhas da minha boca, sem que eu pudesse evitar. E pensar que eu queria levar você pra conhecer minha família. *Bullshit*. Ninguém quer conhecer a tua família, eu disse. Ninguém quer saber falar inglês e se misturar com vocês. Como se eu não notasse que você me olha estranho, que acha que eu sou a pobre indiazinha que conseguiu se superar. Paspalho. *Asshole, dickhead*. E ele seguia gritando em inglês que eu fosse embora, e pegou todas as minhas coisas, que não eram muitas, e jogou elas na cama e foi até a cozinha e pegou três sacolas do Corte Inglés e começou a colocar minhas coisas dentro. E eu, ainda impertinente: Porra de ecologista de merda, ainda usa sacolas de plástico pra me expulsar de casa! E eu sei que você paga trezentos e cinquenta euros nesse quarto e cobra duzentos de mim! Não pense que eu não sei! E a pele branca dele ficou vermelha e depois as orelhas vermelhas e os braços cheios de veias. *Shut up, shut up!* Eu não me importava com o que você fazia! Me importava com você. *I cared about you! Seriously*. E eu ajudava ele a guardar as minhas roupas e ria. Ah, como eu ria. E você ainda está aí cantando Vampire Weekend, seu roqueirinho de merda, Vampire! Como o hipster de merda que você é! Pra lá e pra cá com morte ao império, e que você sente vergonha da tua ascendência, mas aí está, repetindo falácias, como quando você disse ao meu irmão que conhecia um sujeito que levou o Vampire Weekend pra casa, que claro que é verdade, que você viu eles, que estavam na casa do teu amigo, que tocaram, que eram convidados. Pra que dizer isso pro meu irmão? Pra ele gostar de você, pra se exibir? Por quê? Todos mentimos, Tomás, todos! Mas Tom-Tomás já não queria que eu cantasse pra ele. Tomás, uuuh, uuuh, Tomás, que ridículo estás! Estava me levando até a porta, como se eu tivesse feito algo além de negar a minha pobreza. Você teria olhado pra mim, Tomás? Teria transado comigo se soubesse que sou uma entregadora de comida e que lavo a bunda de velhos e crianças? Teria? Você teria me apresentado aos seus amigos? Você teria? E Tomás hesitava. Eu também. Mas peguei as sacolas, abri a porta e saí.

Foram algumas noites que passei dormindo na praia. Mais por um despeito fodido, de mosquito arrogante, do que por necessidade. Chegava perto dos turistas que se embebedavam e dormia ao lado deles. Só na praia e em momentos específicos eu podia dormir. Não havia outro lugar onde pudesse fazer isso: nem os bancos, nem nenhum outro lugar permitia que um ser humano se deitasse e dormisse. Como se a cidade tivesse sido projetada para que ninguém deitasse. Fora, mendigos! Depois ia limpar as casas que Martina me designava e tomava banho quando não tinha ninguém e, quando não estava sozinha, tomava um banho improvisado ou de francês e usava o bidê. Mas não aguentei muito e disse pra Martina que, se eu tinha que ser doméstica que dorme no emprego, assim seria. Você vai gostar dessa senhora, está quase mudinha, já não fala, já não faz nada, só está esperando morrer. Quer? E eu disse que sim. Doméstica, sim. E cheguei na rua Aragó. Num daqueles edifícios sem janelas que me davam claustrofobia. Muito bonito o entorno, mas uma velharia de merda. Muito velho, florido, estampas feias, exageradas. Espanhol, enfim. Ao estilo espanhol. Como o Palácio Real, como quando fomos com a minha mãe e Jimena conhecer o Palácio Real: Mas que elegância é essa? Elegância como a da França!, Diego dizia no meu ouvido, enquanto íamos caminhando atrás da minha mãe e de Jimena. Isso é elegante? E nós dois cochichávamos sobre como achávamos espantosa a decoração histórica da monarquia. *Excusez-moi, madame*, permite que eu a adorne com esse estampado verde-caganeira florido?, me dizia Diego fazendo uma reverência, e eu ria. Eu permito, vossa majestade. E a minha mãe e Jimena com os shhh, shhh, porque envergonhávamos elas. Onde está o Montezuma? Não sei, daqui a pouco procuramos, nos dizia Jimena, querendo nos matar com os olhos. Foda-se o Montezuma, eu já quero ir comer. Mas acabamos encontrando a estátua de Montezuma ali na praça Armería. Pois aqui estamos, cuzão, disse Diego, e eu ri, porque era mesmo verdade que ali estávamos depois de muito ah sim, a conquista espanhola nos derrubou, ah sim, a conquista espanhola foi a pior coisa. Mas ali estávamos, turistando.

 Assim era o apartamento em Aragó. Muita história, muito ódio, muita revolta, mas ali estávamos: a família vivendo do apartamento da avó e a mexicana servindo eles, como há mais de quinhentos anos. Fossem catalães, fossem espanhóis, fossem andaluzes, tanto fazia, pra mim eram todos iguais, e pra eles todas nós éramos iguais. Nem mais, nem menos.

 É preferível que dê banho pela manhã. Ela sente muito frio. E este é o quarto pra você, não tem janela, mas como vai estar cuidando da minha avó, você vai estar sempre na sala de estar com as sacadas. Concordei. Leve ela pra passear antes do meio-dia, faz muito tempo que ela não sai, vejamos como se sente. Sim. Disse que sim. Use tudo que precisar, como se estivesse em casa. Sim, disse que sim. E a neta foi embora e a senhora e eu ficamos sozinhas. Demoramos um pouco pra conversar, mais por mim do que por ela. Vou lhe dar um banho, senhora, está bem? E ela com os olhinhos semicerrados disse que sim enquanto coçava a cabeça. E coloquei ela na banheira com água quente e me disse pra chamar ela de Laura e assim eu chamei. Vamos ver, Laura, levanta o braço que assim acabamos mais rápido. E a pele de Laura toda esfolada e sebosa. Faz quanto tempo que não toma banho, Laura? Não me lembro. A partir de hoje vamos tomar banho todos os dias, hein? E ela disse que sim em silêncio. Ai, dói quando você coloca xampu. Como assim dói? Dói. E olhei bem pra ela e disse: Vamos ver. E vi. O couro cabeludo inteiro com crostas e algumas pequenas feridas ainda abertas. O que aconteceu, Laura? E ela fazia que não com a cabeça. Senti uma coisa ruim. Como era possível tanto descaso? E continuei enxaguando o corpo esquelético enquanto pensava na minha avó. E as lágrimas se acumulavam nos meus olhos, mas eu apertava os lábios com força e engolia saliva pra não chorar na frente de Laura. Depois enrolei e vesti ela e fomos pra sala pra eu pentear seus cabelos. Quem cuida da minha avó, como será que ela está? Ai, Laura, você está com piolho. Sabia? E ela disse que sim, que sabia. Laura, eu tenho nojo e medo de piolho. Desculpe, fico com medo de te pentear. Não me penteie, não me penteie, deixe assim. Eu já vou dormir. E a coloquei na cama e a cobri e disse: Boa noite, Laura; e Laura me lançou um beijo carinhoso e apaguei a luz e fechei a porta. Depois fui no banheiro olhar meu cabelo pra conferir se estava com piolho e a noite inteira sentia que a minha cabeça coçava e me perguntava o que estava fazendo ali.

    Olha, a senhora Laura está com piolho. Mas não é possível! Está, sim, e eu gostaria de tirar, mas tem tão pouca luz que é impossível. Mas há alguns lugares onde cobram noventa euros. Eu poderia levar. Mas isso é muito dinheiro!, me disse a neta. Mas a sua avó tem piolhos e feridas na cabeça, não pode deixar que fique assim! Mas se o seu trabalho é cuidar dela. Sim, e por isso estou dizendo que posso levar ela pra tirarem os piolhos. Só se for com o seu dinheiro, me disse. Eu posso te denunciar, sabia?, eu disse sem pensar, mas eu já sabia o que significava ficar calada e ser humilhada, então me deixei levar: Eu posso dizer que você maltrata a sua avó e que não assina a minha carteira, sabia? Ou, se preferir, você me contrata formalmente e então eu mesma tiro e te cobro separado. E ela em silêncio, como se não acreditasse que eu era capaz de enfrentá-la de igual pra igual, apenas me gritou: Vou cagar no túmulo da tua família! E desligou. Depois de mais ou menos uma hora, me disse por mensagem que sim, que me levaria o dinheiro naquela tarde e que eu a levasse onde quisesse. Mas isso é uma vergonha, caralho!, dizia a moça do tratamento de piolhos enquanto examinava Laura. Olha esse formigueiro! Pobre senhora! Já vamos tirar tudo, querida. E Laura nos olhava, mas sua voz era tão fraca e tão insignificante que se perdeu no meio do barulho da pistola de ar.

Comecei a gostar de Laura. Ríamos juntas. Ela me contava sua vida. Se irritava quando a neta vinha visitá-la e me dizia: Aí vem a indomável, a que pode tudo. E eu sorria pra ela. Vó, como vai? Está sendo bem tratada?, perguntava a neta. Sim, estou sendo bem tratada, o que você quer? Ora, vim te visitar. Pois já me visitou, agora pode ir. E a neta me olhava torto por eu ter presenciado aquele desprezo. Vó, nós queremos que o mundo mude também por você, por tudo que sofreu. E Laura: Por mim coisa nenhuma, eu não quero nada, não lutem por mim. Deixe eu descansar. Já pedi as compras, logo chegam. Passe a conta pra ela, ela que faça a compra pra mim, não precisamos de nada, vai fazer as suas coisas. Ai, vó, não fique assim. Vai limpar a cozinha ou qualquer coisa, não está vendo que estou falando com a minha avó? Ela fica, dizia Laura. Ela fica. E eu ficava, ao lado de Laura, e não sentia nem satisfação, nem agradecimento, porque na verdade eu não queria estar ali, por mais que Laura fosse súper amável e súper simpática comigo e tudo mais. Eu não queria viver daquele jeito.

O que você quis ser e não foi? Bailarina. Olha o corpo que eu tinha. Está vendo? Sempre fui muito magra e gostava muito de dançar. Mas eram outros tempos, não era fácil. E você? Eu não sei. E minha boca se contorcia de vergonha. A verdade é que não sei. Pode fazer qualquer coisa. E eu fazia que não com a cabeça. E sua mãe? Com a minha mãe tudo bem. Não é ela o problema. E qual é? Por que você acabou aqui? Não sei. Não sei, ela me imitava. Aprenda um ofício, algo útil, olha a minha neta, desempregada. Doutora em Ciências Políticas e desempregada. Aprenda alguma coisa, seja boa em alguma coisa. Não sou boa em limpar a tua casa?, eu perguntava com ironia para mudar de assunto. Mas faça outra coisa, não quer fazer outra coisa?, ela me respondia séria, sem entrar na brincadeira. E eu com a boca retorcida dizendo sim, eu queria sim fazer outra coisa. E Laura me ensinou a costurar com a máquina elétrica que baixamos do teto do banheiro, pelo menos três vezes por semana, ela me falava como não desviar o dedo, como ajustar a velocidade e como desenhar moldes. Laura se tornou minha amiga ou algo parecido.

Laura e eu saíamos para passear pela rua Roger de Flor, fazíamos a volta em Consell de Cent, onde eu passava para ver se Martina já tinha contratado mais alguém para limpar os apartamentos que eu limpava nos fins de semana e depois mandar uma mensagem: Não me tire os domingos, não faça isso. E então chegávamos a Tetuán e caminhávamos por todo o Passeig de Sant Joan até chegarmos à Ciudadela. Laura ia na cadeira de rodas que a vizinha tinha doado pra ela da época que sua filha tinha tido câncer e que usou por alguns meses até morrer. Eu havia adaptado um guarda-sol para que o sol ou o vento não a atingissem e, às vezes, se o tempo permitisse, ficávamos sentadas observando os skatistas ou os músicos que se apresentavam debaixo do Arco do Triunfo. Não gostei desses, me leva mais pra lá, ela dizia, quando os que estavam treinando tinham cara de paquistaneses ou de árabes. Mas não vão te fazer nada, Laura, não vê que estão andando de skate e sequer olham pra gente? Deveriam ir trabalhar! E eu estalava os lábios. Trabalhar, vão trabalhar com o quê? Pois não sei, não sei. Nem a sua neta tem emprego, Laura, não fique com invejinha. Inveja por quê? Não tenho inveja deles, o que estou dizendo é pra me levar mais pra lá, olha, lá. E me apontava um lugar afastado. Pra isso queria ser bailarina, Laura, pra sair mundo afora dizendo: Não gosto desses, me leve pra outro lugar, me leve pra Barcelona, pro meu povo? E Laura me olhava desconfiada e dizia: Me leva pra casa, já estou cansada. Vamos, pra que você aprenda a costurar uma saia e depois vá passear pelo mundo dizendo que não gosta dos espanhóis.

    Laura não era como a minha avó, nem como a minha mãe. Havia nela uma espécie de paz que eu não conhecia. Mas não uma paz boa, e sim uma paz cansada. Como se seu corpo mantivesse ela aprisionada, atordoada, e não deixasse ela relaxar. O que você quer fazer da vida, Laura, além de me dizer onde te levar pra passear durante a tarde? Mais nada, Deus se esqueceu de mim. Não diga isso. Deus deve pensar que eu já morri, já me guardou num caixão, pensa que eu já não existo. O que você precisa? Não te falta nada, Laura. Morrer, menina, morrer. Não diga isso, Laura. Olha, aqui estou eu, causando pena numa menina que não sabe o que fazer da vida. Você também. Você também não sabe, Laura. Como assim quer morrer? Porque se você de fato quisesse morrer, já teria morrido. Sim, uma vez, bem jovem, você ainda nem tinha nascido, eu e meu esposo tivemos uma discussão muito séria, aqui, aqui nesta sala, e meus filhos já não estavam, já tinham ido embora, e ele me disse que eu era um fardo, que eu sempre tinha sido um estorvo pra ele, que acabei com seu dinheiro, e eu dizia que não, que não me dissesse isso, e desde então, como ele tinha visto que me magoava, ele me disse de novo e de novo e eu sentia um desespero enorme, porque acreditei que era verdade, mas não podia sair desta casa, porque eu não tinha casa; eu não podia sair desta vida, porque só tinha esta, e muitas vezes já pensei em me jogar da sacada, se é disso que você está falando, claro que já pensei nisso, muitas vezes. O que se perderia se eu morresse? Nada, deixo de gastar o dinheiro do meu esposo. Mas eu não queria que meus filhos pensassem que eu não amava eles, por isso não me joguei, porque não ia deixar que ele ganhasse. Entende? Se eu morria, ele ganhava. E eu não ia deixar que ganhasse. Outras vezes pensei que, se me jogasse, seria com o corpo cheio de marcas: é tudo culpa de Jordi, meu assassino intelectual é Jordi, eu pensava em escrever no peito, mas me entreguei a Deus, deixei minha vida nas mãos de Deus e aqui estou, sem poder morrer. Que bom que você não morreu, Laura. Não me diga isso, não me diga isso, porque todos os dias eu vou pra cama pensando que será a última noite e todos os dias acordo mais velha, mais cansada e com a mesma vida de sempre. Onde você quer que te leve pra passear, Laura? À Ciudadela. E todos os dias assim, Roger de Flor, Consell de Cent, Tetuán, Passeig de Sant Joan, Ciudadela, e todos os dias Laura pedindo pra ser levada pra outro lugar, longe dos paquistaneses. Me leva pra lá, dizia, lá, e eu levava ela o mais longe que podia, ainda que sempre voltássemos na mesma hora pra ela fazer um lanche.

Sinto que posso contar tudo pra você, não temos mais segredos, que segredos uma pessoa como eu poderia ter diante de uma menina como você, que cheira os peidos que eu largo sem querer? Que pudor eu poderia ter diante de você, que me tira as fraldas? Então eu vou perguntar e você me diz a verdade: O que você acha que vai acontecer primeiro, eu morrer ou você conseguir um emprego melhor? Por que você quer saber isso, Laura, já se cansou de me ver na sua casa todos os dias? E continuava: Quando você acha que vou morrer? Pois daqui a um bom tempo, você ainda precisa me ensinar a tricotar um pulôver, não me deixe na mão. Vamos marcar um dia, uma data, façamos um plano. Se eu não morrer até essa data, você me ajuda. Ai, não, não me diga isso, Laura, não me diga isso. Não é certo. Me diz uma data, só de brincadeira, da boca pra fora, quando você acha? Pois daqui a muitos anos. Não, não, não me enrole, me diga uma data! Então daqui a dois anos. E você vai estar aqui? Ai, pois eu espero que não, Laura, gostaria de estar em outro lugar. Então não, daqui a seis meses. Pode ser? Daqui a seis meses você tem outro trabalho, porque eu já não existo. Porque nós duas nos libertamos desta merda de vida. Pode ser? Ai, Laura, não, não me diga isso, que eu fico triste. Seis meses. Não quero, Laura, olha, de verdade, não. Vamos, menina, não seja dramática. Nunca escolha um lado, nunca se decida por um, apenas fique do meu. Seis meses? E com o estômago se revirando eu disse sim, seis meses, embora eu ache que sou contra, sou contra isso, insisti. Não fique triste, não adianta ficar triste agora, ela dizia, já que nós duas tomamos uma decisão e você vai cuidar de si, e eu também, que você muito já me cuidou. Te digo que sim, Laura, mas sou contra, respondi com a voz um pouco triste, um pouco aliviada, porque não era contra, eu também queria que ela morresse, porque seu corpo não respondia mais e ela parecia tão cansada.

Laura não morreu em seis meses, como havíamos combinado, ela morreu em oito. Nunca fizemos um plano, mas nunca mais, desde aquele dia, nos despedimos de noite como se nada estivesse acontecendo. Anda, me conta um sonho, eu dizia, e ela se enfiava na cama e apagávamos a luz e ela me dizia: Vem, deita aqui do lado, e começava a me contar seus sonhos. Nenhum era sonho, claro, era tudo inventado, porque no fundo eu cuidava do seu corpo, mas ela cuidava da minha solidão. Eu sonhei que você ia pra longe, que não morava aqui, que tinha um emprego e que não precisava de ninguém e que você nunca queria morrer. E você? E eu sonhei que te conhecia antes, Laura, quando você tinha força, quando achava que o mundo não ia ser assim, que a tua vida valia alguma coisa. Ah, que lindo sonho, me dizia. E o que mais? E que éramos amigas, e não empregada e patroa. Que éramos amigas e que eu te acompanhava ao Corte Inglés pra comprar teus vestidos e tuas meias e que nós duas passávamos pelo setor de maquiagem e nos pintavam as bochechas de vermelho e depois íamos tomar um café. Uma crema catalana, um biquíni, uma cerveja. Um café. Bom, uma crema catalana, um biquíni, duas cervejas. E Laura respondia: Melhor três, três cervejas. E você, o que mais você sonhou? Pois eu sonhei que éramos jovens e vivíamos na França e trepávamos com dois franceses. E ela ria. Você trepa? Claro que não, Laura, como vou trepar se estou sempre com você? Ah, mulher, tão jovem e tão estúpida!, e pegava no sono, porque a cada sonho sua voz e sua força iam se apagando e restava nela um murmúrio muito suave, quase imperceptível, que sempre me fazia ir dormir com medo que aquela fosse a noite que ela mais desejava.

Você tem tanta sorte que vamos até poder culpar o governo pela tua morte, Laura. Vai ver só. Você entra com um processo e a gente fala que foi a falta de remédios que te matou. E vai ser mesmo, Laura. Quanto tempo faz que não encontram teu remédio em lugar nenhum? Quase um mês, menina. Vamos ver, talvez seja Deus se lembrando de mim. E de mim. Mas o que não lembram essas malditas farmacêuticas é que os remédios são pra salvar vidas, não pra dar lucro. Menina, você ainda acredita nas pessoas. Te faço um chá, quer? Não, não quero chá. Não quero. Toma alguma coisa quentinha, Laura, vai te fazer bem. Você vai tomar? Não, não quero chá. E tossia. Tossia baixinho, como o barulho que se escuta quando se fecha um ouvido, um barulhinho agudo, persistente, mas que não é estridente. Depois, a doçura quase imperceptível da sua velhice passou a ser o ruído que asfixiava sua garganta. Não conseguia dormir, se revirava com alguma coisa presa que ela precisava cuspir com a tosse. Deixa, deixa que eu me engasgue! Não, Laura, não! Assim não. Depois vemos como, mas assim não. E então ela me deixava ligar o nebulizador e acariciar seus cabelos. Lembra de quando você teve piolho?, eu dizia de brincadeira, mas Laura me pedia que parasse, porque o desejo de morrer não entende de brincadeiras. Ai, Laura, ligo pra tua neta, a tua filha? Não, não. Eu quero morrer aqui, sozinha, sem elas, em paz. Não quero ouvir que eu errei ou que elas erraram, quero morrer aqui sozinha e em paz. Me faço entender? E eu disse a ela que sim, disse sim um monte de vezes, até que não disse mais. Eram três da manhã e ela começou a tossir e tossia e tossia e continuou tossindo até que eu acordei e fiquei com medo e chamei a ambulância. Não vi mais ela. Não vi mais ela. Não te dei adeus, Laura. Não te contei mais sonhos, não enfiamos mais agulhas em possíveis peças de roupa que eu ia desenhar com ela. Já não houve mais. Não me contaram nada sobre ela, não pude visitá-la, virou fumaça. Depois de dois dias, a neta me ligou dizendo pra eu limpar a casa toda, empacotar toda a louça, colocar fora tudo que fosse velho, tirar os cobertores e os lençóis e colocar algo novo, limpo. Uma imobiliária vai fazer uma visita, porque vamos alugar o apartamento. No fim de semana, precisamos que você saia, te pagaremos o mês completo. E a senhora Laura? Minha avó se foi. Me senti uma merda. Laura poderia ter morrido em casa, em paz, mas eu mandei ela pra um estúpido hospital.

Cheguei a cruzar algumas vezes com Tom-Tomás na rua, quando caminhava por aí sem rumo. Eu estava segura de mim, tinha certeza do que sentia nesse momento em relação a ele. Mas ele continuava por perto, vivíamos quase no mesmo bairro e, ao contrário do que se pensa, Barcelona não é tão grande. Então eu encontrava ele nos supermercados, onde eu ia comprar tortilhas de kebab e ele, cigarros, à meia-noite. Não nos falávamos, apenas desviávamos o olhar. Porque não podíamos falar sobre as mentiras, as farsas, sobre termos feito um ao outro de trouxas por tanto tempo. *Baby*, nós não falamos sobre isso, como se fôssemos verdadeiros aristocratas ingleses, excessivamente *polite*, sem incomodar ninguém nunca. Mas acho que depois da morte de Laura eu devia estar com uma cara muito abandonada, porque uma vez ele falou comigo. *Hey, you*, como vão as coisas? Bem. Que tem feito? O de sempre, uma bunda suja aqui, uma banheira suja ali. O de sempre. E você? Tudo bem. Que bom. *No, seriously, is everything all right?* Sim, sim. Como está seu irmão? Diego? Bem. E outras vozes em inglês atrás dele. *I need to go*, me disse. Sim, vai lá. E ele foi, entrou num carro onde havia mais gente falando com ele em inglês, e fiquei olhando, como se confirmasse que ele sempre ia estar bem, e ele me olhou da janela, até baixou o vidro, e não me disse tchau nem nada, mas continuou torcendo o pescoço quando o carro já estava muito longe para continuar olhando pra mim. Maldito Tom-Tomás, ele nunca foi a vítima, nem eu. A gente só estava com nostalgia de alguma coisa, das besteiras que dizíamos, das trepadas, de dormir abraçados e não nos sentirmos sozinhos em Barcelona. Porque eu não sabia bem por que, a que se devia, mas a solidão era mais fodida em Barcelona. Ali estávamos nós dois, nos vendo sem dizer nada, como um exemplo perfeito do que significa perda de tempo: como se o tempo que as nossas mães dedicaram a cuidar de nós, ou as nossas avós, a avó dele, que morava perto da rodoviária onde seus pais iam buscá-los, ele e seu irmão gêmeo, depois do trabalho, tivesse sido um mau investimento da humanidade. Para que cuidamos deles se, no futuro, essa dupla vai se olhar na saída de uma loja e não serão capazes nem de se dizer adeus, nem de dizer nada? Para isso cuidamos deles, para que fossem uns descuidados?

Falei com Jimena e disse que queria voltar pra Madri. Mas por quê?, me perguntou. Pois porque sim, já não aguento mais. Puxa, um mês atrás eu teria dito que sim, menina, que sim, mas agora eu juro que você não vai querer voltar. Por quê?, eu perguntei. Pois a tua mãe e o teu irmão. Coisas de mãe e filho, coisas que eles têm que resolver entre eles. Acontece. Não é nada de mais, mas você precisa continuar aí, você já cuidou durante muito tempo do teu irmão, é a vez da tua mãe fazer a parte dela, cuidar dele, brigar com ele, enfrentar, educar. O que está acontecendo,

Jimena? Nada, menina, mas aqui você não vai encontrar o que está procurando, se o que você quer é uma família, não é aqui que vai encontrar uma agora. E eu, não sei por quê, acreditei. Ou melhor, confiei, porque podia ser que tivesse razão, eu já tinha cuidado muito de Diego, já tinha aguentado ele o suficiente e já tinha consentido demais. Era verdade, era possível que fosse verdade que se tratava de algo entre os dois: mãe e filho. A mãe que quer ser mãe e o filho que não quer ser filho. Não como antes, quando eu estava com ele, que ela não queria e ele sim. Talvez fosse melhor assim, que eles se entendessem. E dei ouvidos a Jimena e me conformei com a ideia de deixá-los livres e de me sentir livre. E continuei limpando os apartamentos de Martina aos domingos enquanto procurava outro emprego de doméstica, até que Olga, que parecia ter pena de mim, me disse que não, que minha cota de doméstica eu já tinha cumprido, e me ofereceu para cuidar das crianças que ela cuidava alguns dias da semana, porque já tinha um contrato de tempo integral num hotel da praia de Castelldefels. E eu disse que sim, e ela ainda me ofereceu para ir morar com ela, com Ainara e uma moça chamada Isabel. Você mora conosco, paga pelo quarto menor, nos ajuda quando tivermos trabalho extra. E Martina? Martina que se vire, ela já passou tempo demais com uma coleira no nosso pescoço. Chega. E nós quatro fomos morar juntas no Sants, num edifício muito perto da estação de trem, de modo que para ir ver as primas era um pulo. Em alguma medida, me tornei uma prima.

Voltei a visitar as primas, mas nem Olga, nem eu gostávamos muito das universitárias que passavam lá pra ajudar. O que elas pensam? Acham que com tuítes vão derrubar os hoteleiros? E eu ria. O que elas pensam? Muito vídeo, muito "Viva as primas", muito "Aqui somos todas primas", mas elas não são primas. Deixa elas, estão fazendo sua lutinha. Qual? Você acha que depois da marcha de 8 de março elas nos convidaram alguma vez pras coisas delas? Que nada, nos colocaram lá na frente, nos deixaram falar, gritaram bravo e depois cada uma pra sua casa. Você vai ver, que se não mijam na rua ou mostram os pelos, não é a revolução delas. Quer apostar? E apostamos. Olga me disse que na passeata de quinta-feira elas não iriam: Elas não vão, vamos estar as mesmas gatas pingadas de sempre, com nossas palavras de ordem e tudo mais, mas sem elas. Não vão ir. Aposta? E combinamos que ela me pagava as cervejas na quarta-feira de baile cubano se aparecessem elas e outras que se sentiram comovidas pela causa. E foi assim: fui cuidar das crianças que estavam na minha agenda nesse dia e ficamos de comer algo nas Ramblas, alguma coisa rápida, e depois fomos até a Diagonal Mar pra acompanhar as primas na sua manifestação. Achamos engraçado ver elas ali, as três gatas pingadas de que Olga tinha falado, mais outras primas que no total não eram mais de quinze, conversando entre elas, animando umas às outras. Fazendo vídeos e fotos e aguentando a espera, a farsa de esperar que alguém do hotel de onde várias colegas tinham sido mandadas embora saísse para falar com elas. Fazendo piadas, mas com a voz aguda, como quando você finge que está tudo bem, mas não está.

Como Olga e eu tínhamos nos atrasado, pegamos um táxi e, quando chegamos e a porta do táxi estava aberta, fingi que fiquei horrorizada com os uniformes que vestiam e as luvas de limpeza que usavam, muito adequados ao seu papel, interpretando a si mesmas. E com o horror fingido, mas real, comecei a fazer piada com todas. Mas o que me fazia rir era que eu tinha perdido a aposta e não tinha dinheiro pra ir com Olga dançar no bar cubano. Na verdade, sequer tinha dinheiro pra voltar pro apartamento, porque nesse dia a senhora que eu cuidava dos filhos não tinha dinheiro trocado e me pediu que esperasse, que na próxima vez ela me pagava tudo. Então, entre o horror de ver tão poucas de nós, tão ignoradas, tão invisíveis e sem dinheiro, não fiz nada além de rir e me juntar a elas e deixar que nos fotografassem para que, no Twitter que as garotas espanholas administravam, parecesse que éramos muitas e que estávamos em pé de guerra. *Baby*, nós não falamos sobre isso, mas eu realmente tinha vontade de encontrar Tom-Tomás e ser, me sentir, a verdadeira aristocrata que ele sempre quis que eu fosse.

Sabe-se lá o que éramos para os vizinhos, se panchitas, se latinas, se um estorvo, se uma mancha no bairro deles que eles não conseguiam limpar, mas nunca nos disseram nada, nem pro bem, nem pro mal, até que Diego veio me visitar. Isso aqui não é um hotel, me disse um senhor, careca, barrigudo, fedendo a cigarro. Ignorei e agarrei Diego pelo braço e fomos pra rua. E aquele paspalho? É um paspalho. Não dá bola. Vamos lá pegar o metrô e não nos perder. Diego riu e disse que sim. Fomos para a praia: compramos suco num quiosque, cumprimentamos o vendedor que às vezes me dava de presente o pão que sobrava do dia, e comprei para Diego batatas sabor presunto, que eram as suas preferidas, já que não havia as com adobo. Faz falta um molho Valentina. Eu sei, mas tenho aqui umas maçãs com pimenta piquín. Aí sim, você sabe das coisas. E eu sabia. Eu tinha acompanhado Diego nos seus gostos, desde que fez cara de dor quando experimentou limão pela primeira vez até quando se empanturrava de chocolate Abuelita. Você vai muito à praia? Não, nem tanto. Outro dia fui com as primas, mas para uma manifestação, imagina. Sim, pois posso imaginar. Você gostou, está gostando daqui? E Diego deu de ombros. É a mesma coisa, onde quer que você vá é a mesma coisa, apenas sobreviver. Acho que não, Diego, às vezes tem coisas boas, Barcelona não é como Madri, nem como o México. Eu sei, mas em qualquer lugar é a mesma coisa: trabalhamos pra viver e depois vivemos pra trabalhar. Em todos os lugares, todos. E o que você sabe sobre trabalhar, paspalho? Estalamos os lábios.

 A minha avó tinha nos levado várias vezes à praia, principalmente a Acapulco, porque o esposo da minha tia Carmela tinha um amigo que tinha um timeshare em um daqueles hotéis que algum dia foram chiques. A minha mãe e o meu avô nunca foram, mas a minha avó, Diego e eu íamos de vez em quando. Só dependia da minha avó dar uma surtada. Anda, prepara tuas roupas, amanhã vamos pra Acapulco. Amanhã? Mas amanhã tem aula! Acapulco, eu disse. E íamos. Sequer avisávamos o meu avô, saíamos cedo com nossas mochilas sem nada de equipamentos, mas cheias de roupas, e pegávamos um táxi até Taxqueña. Na maioria das vezes, conseguíamos passagens pra viajar logo, mas às vezes tínhamos que esperar. Tá vendo, vó, tinha que ter comprado antes, estamos aqui feito uns tontos e já estou com fome. E não sei como, mas as cinco ou quase seis horas de viagem não nos chateavam, talvez fosse a espera, a emoção, a alegria de quebrar as regras, de sair da rotina, de pularmos nas ondas para que elas nos levassem e minha avó nos desse bronca porque não tão perto da arrebentação, que ficássemos na margem. Foi assim daquela vez com Diego, demorei alguns meses para economizar para a passagem dele, mas comprei para ele uma viagem a Barcelona no verão. Apenas um fim de semana, porque ele não tinha passado em todas as matérias e minha mãe o colocou de castigo. Você nem deveria dar um presente pra esse descarado. É mais por mim do que por ele, mãe. Você deveria me pagar tudo que eu te emprestei em vez de dar corda pra esse descarado. Só um fim de semana, eu busco ele na estação e o devolvo direto praí. É? Você que sabe. Por mim, deixava ele trancado no seu maldito quarto pra ver se não se entedia de coçar as malditas bolas. Ele tem que sair às nove da manhã e vai levar nove horas, mas eu te aviso. Mas não avisamos ela, também não sei por quê, se era nossa vingança de quando ela nos deixava esperando por dias até que ligasse quando estávamos no México ou porque no fundo achávamos que ela não estava esperando ter notícias nossas.

Como você está? Bem, ele disse. Bem. Paspalho, bem. Quem dera estivesse bem. Cala a boca, paspalha, foi pra isso que você me convidou? E eu passava a minha mão no cabelo dele. Tem que cortar o cabelo. Como enchem o saco, você e a minha mãe, e daí se eu não cortar? Logo vem o verão. Pois por ser verão, pra ser mais fresco. Não. Você lembra de quando jogávamos areia na vó e ela se irritava e dizia que já íamos voltar pro hotel? E risos, a gente riu muito nessa visita. Lembra de quando no hotel estavam passando uma novela e ela disse: Ai, ele diz que se autoconvidou porque está entrando no carro? E mais risos. Ríamos da vó, mas também de tudo que tinha nos acontecido, mergulhamos fundo nas memórias, como se nós dois soubéssemos que tínhamos que aproveitar bem o tempo pra rir, porque sozinhos, quer dizer, um sem o outro, éramos calados, sem vontade de falar bobagem, sem vontade de sermos nós, os que ríamos até doer só por estarem juntos.

Maldita areia, dá coceira, não? Ai, calma, maldito senhor Cancún. Você está muito reclamão. Maldita areia, dá coceira. E você vai ficar aqui pra sempre? Em Barcelona? Aham. Não, acho que não. Não se engane, não é tão fácil. Eu me sinto sozinha. Tenho as primas, mas não sei, não consigo me conectar, eu disse. Eu sei, me respondeu. Eu sei. Mas, você sabe, não tem mais pra onde ir. Talvez tenha, só ainda não conhecemos. Não tem, ele falou sério. Mas eu insisti: Pode ser que sim, talvez, mais tarde, juntos, poderíamos buscar um jeito, nunca se sabe, mas poderíamos ir morar juntos, trabalhar muito, ir pra outro lugar. Fugirmos pra longe da minha mãe, não? Pois sim, eu disse enquanto dava de ombros. Mas não era bem o que a gente queria, ficar com a minha mãe?, me perguntou, e nos olhamos brincalhões enquanto ríamos e depois me jogou areia na cara e saiu correndo pra água enquanto eu gritava: Ah, paspalho, agora você vai ver. E nos vimos: nos vimos quando éramos crianças entre as ondas e gritando como estava gelado o mar e jogando água na cara um do outro enquanto os outros perto da gente nos olhavam torto e nós seguíamos rindo, mesmo que não estivesse ali a avó dizendo que tínhamos que ficar na beira. Eu queria levar Diego pra conhecer Mario e que ele se visse nos olhos dele. Olha o Mario, eu pensava em dizer, olha bem pra esse paspalho, ficou sem documentos, sendo pintor, artista, com exposições, com conexões, e o coitado aqui pensando em pedir a permanência. Você, eu pensava em dizer, você que tem a oportunidade, que tem os documentos, pela minha mãe, aproveita, estuda, termina o ensino médio, faz algo a mais. Olha pra esse paspalho, eu ia insistir, tendo a oportunidade de ficar bem, está aqui, fazendo um trabalhinho por aqui, um trabalhinho por ali, disputando comigo a conta do entregador, só pra não regressar ao país. Mas eu não disse nada, porque no sábado de manhã Olga me pediu que cobrisse seu turno e fosse cuidar de umas crianças no Gracia. Mas o Diego está aqui, não tem como. Como quiser, me disse, enquanto nós três tomávamos café da manhã de pé na cozinha. Se você não pode, eu peço pra outra pessoa, mas eu achei que você precisava do dinheiro. Você sabe que essas senhoras querem sentir confiança, ter certeza que você está disponível. E eu com vontade de levar Diego pra comer alguma coisa com Mario, mas disse que sim. Então Olga saiu, e Diego e eu, ainda que estivéssemos falando do jogo do Barcelona, logo ficamos quietos, com os olhos no chão, sem querer olhar um pro outro. Pois então vai tomar um banho, se quiser, vê televisão, e logo eu volto. Aham, me disse. O quê? Nada, ele disse enquanto se desenhava no rosto dele o maldito sorriso cuzão que ele tinha quando era irônico. O quê? O que é? Eu que pergunto, por que tá me olhando assim? Nada. O quê? Sério, o quê? Nada, caramba. Me diz. Nada. Me diz. Pra isso que você veio?, me perguntou. Pra isso saiu de casa? Paspalho, eu disse. Paspalha. Paspalho é você. Paspalha. Acha que sabe de alguma coisa, paspalho? Paspalha. O que você sabe da vida, paspalho, se nem ser aprovado na maldita escola conseguiu, o que você sabe? Paspalha, você acha que dá pra sair pela vida se fazendo de sonsa como você? Paspalha. O que você sabe da vida? Paspalha. Cala a boca, paspalho. Paspalha. Paspalho, você, paspalho. Ai, porque a gente não tem pra onde ir, ai, ai, o mundo é uma merda. Me diz alguma coisa que eu não saiba, paspalho. Paspalha. E você o quê? Paspalha. E você o quê?

Acha que vai se dar bem com essa maldita cara de paspalho que você tem? Ou acha que vai ganhar tudo de bandeja? Paspalha. Posso ser paspalha, mas te trouxe pra cá. Está vendo? Paspalha, igualzinha à minha mãe, as duas paspalhas, se jogando no chão pra eles sujarem e vocês limparem. E eu abri a porta puta da cara e me virei pra olhar o relógio do celular e disse pra ele ficar atento, que quando eu mandasse uma mensagem ele já saísse pra ver se dava tempo de encontrar Mario e comer no mexicano. Não me disse nada, eu só vi ele se jogar no sofá e ligar a televisão. Eu fechei a porta, fui até o elevador e comecei a chorar, porque, sim, estava magoada, doída, porque ele tinha razão e eu não tinha nenhum motivo verdadeiro pra estar vivendo a vida que eu estava levando, me sentia mesmo bem paspalha.

Não fomos mais à praia. Naquele sábado jantamos em casa, porque as três horas que eu ia cuidar das crianças no Gracia se transformaram em sete. Diego me mandou mensagem dizendo que ia sair para caminhar, eu disse pra ele pegar dinheiro da minha gaveta, expliquei onde exatamente estava o maço de notas e pedi que guardasse depois. Pega aí uns vinte e vai procurar alguma coisa do Barça, talvez encontre algo. Me respondeu com um gif e eu fiquei vendo um filme com as crianças que cuidava. Mas então me lembrei de Madri. Como se uma mola me jogasse da cadeira, me levantei, fingi que ia ao banheiro e disquei no telefone. Ele atendeu rapidinho. Onde você está? Perto da Sagrada Família, tem lojas de lembrancinhas aqui. E o que você comeu? Nada, só os sanduíches que você me falou. Nada além disso? Pois só isso, os sanduíches, estou dizendo. Quanto dinheiro você pegou?, perguntei a ele. Escuta, vou desligar, porque estou ouvindo mal e estou quase sem bateria, ele me disse, e desligou. Senti a ardência no estômago, sempre no estômago. E já não tive mais paz. Cheguei em casa e ele ainda não tinha voltado, então fui até minha gaveta procurar o dinheiro. Havia menos do que tinha de manhã. Diego não tinha pegado vinte euros, pegou mais. Filho da sua maldita mãe, pensei. E a voz grossa dele na minha cabeça: Paspalha. Mas é isso que ele pensa de mim, se me diz isso o tempo todo!, pensei, e estava prestes a explodir de raiva. Depois chegaram Olga e Isabel e elas tinham trazido comida de um banquete que tinham feito no hotel onde trabalhavam e me disseram pra sentar e comer com elas. Então chegou Diego, eu já estava um pouco bêbada, não quis falar nada. Mas nós sabíamos que nós sabíamos. Nos evitamos a noite inteira, como se não existíssemos, não trocávamos olhares. Mas ele estava cheio de risinhos com Isabel, e Olga me dizia que não sei quê, mas eu não ouvia, eu só conseguia pensar em Diego, no que estava na minha frente e já não era Diego. Já não era o Diego que eu tinha cuidado e que me respeitava. Já não era esse, já era outro, já não era o menino de cabelo crespo e boca banguela que se jogava em cima de mim e me abraçava e me pedia que saíssemos correndo até a esquina da rua pra ver quem ganhava e eu deixava que ele ganhasse. Já não era esse Diego, já era um outro Diego que não cheguei a conhecer e não tive chance de conhecer. Diego, saindo em disparada na frente da gente, da minha mãe e de mim, debaixo dos nossos narizes, estava escapando, e nós deixamos que ele corresse até muito longe, acreditando que, apesar de tudo, ele não tinha outro lugar pra onde ir a não ser de volta pra nós. Pensamos que ele ia voltar.

Acompanhei Diego ao Sants. Fomos calados. Meu estômago fazia barulho. O estômago, sempre o estômago. Diego tinha comprado um boné do Barcelona e estava com ele na cabeça. Não dava pra ver bem os olhos dele. Está com tudo, o NIE? Aham, me disse. Está levando o salame pra mãe? Aham. Sabe quanto tempo leva? Nove horas. Está com a passagem? Aham. Deixa eu ver, eu disse, e pedi que me mostrasse o celular. Na tela aparecia ele com dois amigos e uma garota, Marina, fazendo caretas engraçadas. São teus amigos? Aham. E mais pra cima, na barra de cima, o tocador de música pausado. Vampire Weekend em pausa. Então vimos o percurso do trem, várias paradas, uma baldeação. Está com bateria suficiente? E do bolso ele tirou um cabo. Tá. E silêncio.

Não me interessa o que a minha mãe faz, caso você estivesse em dúvida, eu disse. E ele sorriu, mas não disse mais nada. Que horas o trem sai? Agora, ele já vai sair, me disse, olhando para o painel eletrônico da parede. Quer alguma coisa pra viagem? E ele tirou do bolso um saco de batatas sabor presunto. Sorrimos genuinamente. Aproveitei pra tirar da minha mochila a garrafinha de molho de pimenta piquín: Toma, eu nem uso. Ele recusou. Pega, que faz mal pro meu estômago, você viu que ontem eu passei a noite toda no banheiro. Você vai me fazer um favor, não pense que estou te dando um presente. E Diego pegou e guardou na sua mochila. Nós dois desviamos o olhar. Vai mandar as fotos da praia pra vó? Ele disse que sim. Manda essa que estamos no porto. Pra que ela conheça. Ele disse que sim. Vai me avisar quando chegar? Sim, mas eu vou chegar muito cansado, de repente aviso amanhã ou algo assim. Não, Diego, me avisa quando chegar, por favor. E ele disse que sim. Então voltou a olhar pro celular e ficou escrevendo coisas e me ignorou por um tempo. Estávamos nós dois ali de pé, no meio das pessoas em silêncio, sem prestar atenção um no outro. Faltava meia hora pra sair o trem. Quer alguma coisa, uma garrafa d'água ou um bombom?, insisti. Nah, não quero nada, obrigado, me disse enquanto ria de alguma coisa que diziam no celular. Sentamos? Não, me disse que não. Na verdade, já vou indo, melhor estar cedo lá dentro, antes que se forme uma puta fila. Tem certeza? Sim. E eu me aproximei, querendo dar um abraço nele, mas nossos movimentos estavam desajeitados, nem tivemos chance. Onde é a fila?, ele perguntou, meio desorientado. Lá, eu disse. Ele pegou a passagem do trem, ajeitou o boné de modo que escondesse ainda mais o seu olhar e agarrou as alças da mochila, como para me mostrar que estava com as mãos muito ocupadas e não podia me abraçar. Bom, a gente se vê logo, né? De repente eu vou pro Natal, eu disse. Você que sabe. Esquece tudo que você fez e começa de novo, eu disse. Mas os olhos dele me diziam que não, como se tivesse desistido, como se tivesse deixado de lutar, como se tivesse renunciado às armas. Ele meio que fez um gesto que eu não entendi e me deu tchau. Eu fiquei esperando que conferissem a passagem dele e que passassem a mochila pelo detector de metais. Então eu o vi como ele era: alto, de costas largas, quase um homem. Esperei que se virasse pra olhar pra mim, pra se despedir, eu estava até com a mão suspensa no ar, pronta pra responder assim que ele se virasse. Mas ele não se virou, a última coisa que vi de Diego foram suas costas largas, seus quase um e setenta e cinco de altura se afastando até que não pude mais enxergá-lo no meio das outras pessoas. Nunca imaginei que essa seria a última vez que veria ele vivo. Teria gostado de dizer: Te vejo brilhando no teu caminho, continua, continua, continua... Mas Diego não continuou.

Na manhã que Diego foi embora de Barcelona, eu acordei cedo, porque de qualquer forma não tinha conseguido dormir direito. Eu tinha ficado na sala para que Diego dormisse na minha cama e não incomodasse nem Olga, nem Isabel caso elas levantassem cedo. Estava com dor de cabeça, porque tínhamos comprado uma garrafa de vinho tinto de dois euros na noite anterior, e eu precisava permanecer bêbada para não brigar com Diego por ter me roubado dinheiro e estar se fazendo de sonso. Me sentia muito furiosa, muito, traída, ferida, com uma vontade desgraçada de dar uma surra nele. Mas não fiz nada, ao contrário, só me ocorreu tostar pães, fazer suco de laranja e acordá-lo para que, antes que ele saísse, a gente desse uma volta na praia. Me disse que sim e levantou e foi no banheiro mijar e pôs os sapatos e me disse que estava pronto. É mesmo um descarado!, pensei, e meu estômago ardia e minha cabeça latejava, mas sozinha eu insisti em ir até o porto, ao lado da estátua do Colombo.

Olha, teu maldito descobridor, eu disse, apontando pro imortalizado Colombo que olhava o mar. E ele disse mé. Aqui os garotos da tua idade vêm andar de skate. E também no Arco do Triunfo. Viu ontem? Me disse que sim. Depois passamos por uma loja e me disse que precisava de tabaco. Tabaco? E me disse que sim, como quem de súbito revela o corpo nu e se pavoneia entre o orgulho e o ridículo. Eu não disse nada, mas fiquei ainda mais puta. Você é mesmo um descarado, pensei. Logo chegamos na praia e procuramos um cantinho longe das pessoas e nos sentamos olhando o mar. Por que você pegou mais dinheiro do que devia? Se eu te dei de presente vinte malditos euros, pra que pegar mais? Eu não peguei nada, não fode. Como não? Não seja mentiroso, porra, se eu tinha mais dinheiro, não seja descarado e pelo menos admita. Pra que você pegou? Diego não se virava pra me olhar. Eu disse que não peguei nada, porra! Pra quê? Me diz pra quê. Mas nada, Diego como a maldita estátua do Colombo, impávido, indolente, olhando pro além com um maldito ar de superioridade que me tirou do sério. Não pensa que eu não sei que foi você que pegou dinheiro da minha mãe e depois ainda deixou, cuzão miserável de merda, que ela achasse que tinha sido eu. Eu não peguei nada. Para de mentir, cuzão miserável, admite, caralho, seja homem, cria as bolas pra dizer que foi você, sim! E ele pegou um cigarro e acendeu, assim, sem me olhar. Não vai assumir? Estou falando com você, fala comigo pelo menos, putaquepariu, não me deixa falando à toa. Acha que eu não sabia que era você? Quem mais seria? Você acha que eu acreditei na porra da historinha de que a única pessoa que entrou no quarto da minha mãe naquele dia fui eu? Te vi entrar várias vezes, Diego: uma vez fui no banheiro e vi perfeitamente como você entrou de fininho e remexeu na gaveta da minha mãe; não te faz de besta, porque até no meu quarto você entrava. Uma vez vi como você pegou a caixa que eu tinha em cima da cômoda e tirou dali umas moedas e depois saiu quase na ponta dos pés. E não me diga que você não lembra, porque lembra sim: te perguntei o que estava fazendo e você se fez de sonso, mas nós dois sabíamos que você tinha entrado no meu quarto e agarrado as minhas moedas. Como eu não ia saber que foi você que pegou o dinheiro da minha mãe? Não fui eu, porra. Foi você, Diego, cadê as tuas bolas, caralho, por que você rouba, cuzão, acha que o dinheiro cai da porra do céu? Você já está falando como a minha mãe. Por que pegou o meu dinheiro? Me devolve. Eu preciso. Que dinheiro, porra? Qual? Você me disse pra pegar vinte euros e foi o que eu peguei. Me desesperei e soquei a areia. Admite, putaquepariu! Admite! Você fica alterada bem louca, igual à minha mãe. Paspalho, cuzão de merda, mal-agradecido. Agora vai chorar. Paspalho. Por que você não me acusou se diz que fui eu quem pegou o dinheiro da minha mãe? Talvez tenha sido você, com que dinheiro você veio pra cá quando ela te expulsou? Vai dizer que você tinha economizado muito dinheiro? Não seja cínico, Diego. Por que você não disse pra minha mãe que tinha sido eu se você tinha tanta certeza? Está admitindo, seu descarado! Não é? Você só fala merda igual à minha mãe. Se vocês não sabem quem foi, foi o Diego. A porra da culpa é sempre do Diego. Não sabem onde colocar as frustrações de vocês: pois o Diego, o paspalho do Diego tem a culpa. Não sabem o que fazer da vida: pois Diego, o que estraga nossa maldita vida é o Diego. Não fala assim, se a gente sempre cuidou e se preocupou com você. É? Onde você estava quando a minha mãe me encheu de porrada por defender o rabo dela? O quê? Que rabo? Pois a Jimena, essa paspalha intrometida que não para de me encher o saco, em tudo que a Jimena diz a minha mãe acredita. Se eu bebo leite, reclama que eu terminei com ele; se faço algo pra comer, que deixo sujo; se lavo as minhas roupas, desperdiço sabão. Me enchem o saco até não poder mais! Você, ela, a minha mãe. Malditas velhas histéricas. E quis bater nele, tentei, mas não me deixou. A mão dele tinha o dobro do tamanho da minha, o corpo dele também. Segurou a minha mão e a empurrou pra longe num movimento que quase me fez cair de cara na areia. Paspalho! Puta merda, e agora ainda vai dizer que eu te bati. Putaquepariu, não aguento vocês, vão todas à merda. E ele se levantou e estava para sair, e começou a sacudir a areia das botas e eu fiquei sentada olhando pra ele, sem saber o que fazer, porque eu queria que ele fosse, porque era um mentiroso do caralho, um merda de um ladrãozinho, aproveitador, irresponsável, um maldito adolescente sem noção dos seus atos; mas, ao mesmo tempo, era Diego, meu irmão, o menino que colocava a mão sobre a boca quando não queria falar alguma coisa e chupava a mão como se quisesse se chupar inteiro, se comer e desaparecer. Engolir a si mesmo. Sempre quis engolir a si mesmo. Eu disse pra ele ficar, disse: Vem, senta, não vai embora; e ele estalou os lábios, e eu disse: Vem, daqui a pouco você já vai pra Madri, senta. E ele sentou e fiquei ainda mais furiosa, porque eu teria gostado que tivesse um maldito pingo de dignidade e me dissesse: Não, não fui eu, não roubei teu dinheiro. Sim, ele tinha roubado. E não só não te roubei, como também não roubei da minha mãe, eu não roubo, não minto, vocês estão enganadas, eu sou Diego. Mas Diego se sentou e tirou da mochila uma garrafa de horchata de chufa e começou a beber, e me perguntou se eu queria e eu fiz que não com a cabeça e ele respondeu que aquela porcaria tinha gosto de merda, que ele tinha comprado um dia antes porque achou que teria o mesmo gosto da horchata do México, mas que tinha gosto de merda, mesmo assim, continuou bebendo e depois pegou mais um cigarro. Como você comprou a horchata, os cigarros e o boné só com vinte euros? E ele congelou. Mas não de medo, de exaustão, e ele ficou só me olhando e pegou de novo suas botas e saiu caminhando até a rua e, quando eu vi que estava calçando as botas e ia embora, saí correndo atrás dele, que nem me esperou, tive que correr muito rápido para alcançá-lo. E é assim que eu me lembrava de Diego: o Diego sem vergonha, o mentiroso, o escorregadio, o cuzão que tinha roubado meu dinheiro e roubava dinheiro da minha mãe. Era assim que eu lembrava de Diego enquanto ia de trem de volta pra Madri depois que ele se suicidou: cínico, adolescente, indolente, muito filho de uma égua; e, ainda assim, eu ia me desmanchando em lágrimas, apesar das pessoas me olharem torto e eu incomodar a viagem delas.

TERCEIRA PARTE

Quando Diego era pequeno, a minha avó e eu tecemos para ele um cobertor colorido. Diego queria levá-lo no avião para Madri, mas tivemos que explicar que não era possível. Ele insistiu que ficaria com frio. Contei que no avião nos emprestavam cobertores. Isso deixou ele sem argumentos. Combinamos que levaríamos o cobertor quando voltássemos ao México para visitar os avós. Quando cheguei na casa da minha avó com as cinzas de Diego numa sacola de plástico, lá estava o cobertor, no quarto dele, como na última vez que dormimos lá. Estava até com os alfinetes para prender umas fotografias que íamos colocar em cima, plastificadas ou algo assim. Engoli em seco. Tudo era real. Diego estava morto.

A minha mãe estava com Jimena resolvendo coisas, documentos, mal-entendidos, dizendo barbaridades pra lá e pra cá. No México ou aqui, num caixão ou numa urna com as cinzas dele? Como, que documentos faltam, que documentos estão sobrando? E eu, enquanto isso, estava no quarto do Diego meio que procurando pelo cheiro dele. Tudo quieto, intacto, sujo, a mesa manchada, a mesinha de cabeceira empoeirada, as meias jogadas no cesto de roupa. E o armário bagunçado, como se o meu irmão fosse chegar e tivesse que tirar a camiseta e trocar por outra, desse jeito estavam jogadas as roupas.
    Eu entendia Diego. Desde que chegamos na Espanha, estávamos como amputados, mas sem diagnóstico. Era como se nos

faltasse algo, mas todo mundo negava. Faltar algo? Ao contrário! Se tínhamos conseguido tudo: casa, documentos, mãe! O que podiam ter amputado? O México, eu pensava. Nos amputaram o México. Mas o México não como país, mas como o que dizem que é *saudade*. Te dá *saudade*, você fica doente, você morre um pouco. Como eu não ia entender Diego?

O que mais te emputece de morar aqui?, perguntei pra ele uma vez. Que eu não posso mais dançar, ele disse um dia. Já não dançamos. E era verdade, não dançávamos. Já não tínhamos a casa dos avós, nem onde colocar música no volume máximo, nem comida quente: já não restava infância, tínhamos deixado de ser. E ainda que tivéssemos tentado repetir os cenários, a música, os momentos, já não éramos os que éramos. Não tinham nos ensinado a crescer. Diego era como um contrabaixo velho, inoportuno, barulhento, incômodo, que eu não sabia cuidar. A desajeitada, a aprendiz, a que não conseguiu sustentá-lo. Era assim que eu me sentia, reprovada na música e na vida.

Às vezes sinto que mais do que uma mãe, temos uma filha, que somos nós que temos que cuidar dela, me dizia Diego cada vez que a minha mãe chegava do trabalho, cansada, raivosa e gritando por qualquer coisa. E daí, Diego, e daí?, eu respondia. Ela também sofreu, ela também está sozinha. E daí?, ele replicou. Se ela não vai ser a minha mãe, que pelo menos não seja um fardo. Estalei os lábios, mas ele tinha razão. Ao menos nesses momentos eu achava que ele tinha razão.

Jimena me pediu que eu fosse ao México deixar as cinzas de Diego. Falou comigo enquanto estávamos sentadas na cama do meu irmão. Vão cremar ele?, perguntei, voltando à realidade. Sim, respondeu Jimena. E por que a minha mãe não vai? A tua mãe não está em condições de viajar, é impossível até que levante, não quer nem ir cagar; está destruída, querida. Eu também estou destruída, respondi, para que não amputassem a minha dor, não dessa vez. A tua mãe agora é um fardo, um peso que dificulta tudo... Me ajuda, pediu Jimena. Eu peguei o celular de Diego e coloquei contra o peito, me agarrando a não sei o quê. A minha mãe é sempre um peso, eu disse. E Jimena não disse nada, não me contrariou.

Um dia antes de eu ir para o México, dormi no quartinho de Diego. Escutando a música dele. Bisbilhotando seu celular. Até amanhecer. Não tinha muita coisa: poucas fotos, poucas mensagens. Deixou tudo vazio. Já não tinha a foto de Marina e seu outro amigo como fundo de tela. Apagou tudo: mensagens, aplicativos, tudo; talvez tenha pensado que ninguém faria isso por ele. Não nos esperou.

 Diego não deixou nada que pudesse nos dar uma pista, nem uma carta de despedida, nem um recado. Nos poupou o trabalho de querer descobrir a verdade, ninguém ia nos contar. Numa das poucas vezes que ele falou comigo em Barcelona, perguntou se eu faria uma lista de pessoas a quem deveríamos ser gratos. Não pensei muito: Aos meus avós?, respondi. Não, aqui, na Espanha. Jimena? Teus amigos? O que você quer agradecer, Diego? Ele ficou em silêncio e então disse: Exato, não tem nada pra agradecer. A minha mãe?, insisti. Sim, a minha mãe, me respondeu, mas já falou de um jeito desinteressado. Não respondi o que ele queria ouvir.

 Como vai a escola?, perguntei pra ver se ele me dava mais pistas. Tudo bem, os mesmos palhaços idiotas de sempre que dizem dar aula, os mesmos paspalhos que ficam dormindo no que dizem que é uma escola; tudo igual, às vezes não tenho vontade de voltar. Mas você tem que voltar, eu disse. Sim, sim, vou voltar todos os dias da minha vida pra escola, vou me tornar o palhaço que todos querem que eu seja. Você é impossível, Diego García. Sim, ele disse, sim, sou impossível. Diego, escuta, não espere que os outros te deem coisas, não espere. Silêncio.

Está me ouvindo, Diego? O que você disse que queria, por que me ligou?, ele perguntou, e depois desligou na minha cara, mas eu não percebi e continuei repetindo: Está me ouvindo, está me ouvindo?, até que saí do vagão do metrô e liguei pra ele de novo. Já não me respondeu mais, caía na caixa postal. Diego nunca esperava, sempre fazia o que queria, como deixar o celular sem pistas, nada além de suas playlists de música. Quatro álbuns, quarenta músicas, todas do Vampire Weekend.

Você está animado pra ir a Madri?, a minha avó perguntou a Diego. Não estou animado, deveria? Nesse dia, Diego estava guardando as roupas que não ia levar, colocando numas caixas. Minha avó disse que ia doá-las. Não doou nada. Quando vi o cobertor colorido que ela mesma teceu pra ele, soube que não tinha doado nada. Caixas e sacolas com roupas de Diego e minhas nos armários do quarto onde dormíamos com a minha mãe. Fotos coladas na parede, brinquedos de Diego, desenhos de quando estava na pré-escola, uma espécie de altar. A minha avó transformou esse quarto num altar sem se dar conta. A premonição: Diego tinha que ser venerado desde sempre, desde que nasceu e deu à minha mãe o status de mulher casada. Diego, o queridinho dos meus avós, órfão mas com pai. Tudo era Diego.

    Deixei ali, nesse lugar, as cinzas dele, enquanto os meus avós compravam uma urna digna do meu irmão. Senti raiva. Como se, com a morte de Diego, eles me apagassem. Ou me dessem o lugar que eu sempre tinha tido: nenhum. Fui a irmã de Diego, o suporte, a sacola de plástico que o continha no avião de Madri, Nova Iorque, México. A transportadora, aquela que o levou da avó para a mãe e da mãe para a avó. Uma simples mensageira. Não estou animada, Diego, deveria? Eu te amava, mas você amava o mar. Quem vai chorar por mim se todos estão ocupados chorando por você? Era isso que eu pensava enquanto abria a caixinha de madeira e tocava nas suas cinzas. Um pouquinho, nada mais, quase que só pra manchar os dedos. É esse o destino que o mundo planejou pra nós? Então a minha avó entrou e perguntou se eu estava pronta pros rosários. Por medo que me flagrasse com Diego nas mãos, lambi os dedos. Comi meu irmão. Pensei que se eu pedisse pra nascer de novo, ninguém iria concordar. Mas Diego sim, a Diego pediriam que nascesse de novo. Não rezei nada, nunca fui crente.

Nos nove dias que duraram os rosários de Diego, as vizinhas me perguntavam sobre Madri. Como é Madri? Como vai tudo em Madri? Já arranjou um namorado? Tudo bem, obrigada. Tudo bem: aqui, preferindo estar amarrada aos trilhos de um trem do que estar aqui com vocês; tudo magnífico, senhoras, e vocês, como estão?

    E elas não estavam bem. Não precisava que me dissessem, eu sabia. Nossas roupas puídas falavam por nós. Nunca nos vi tão pobres como naquela época. Por que não nos chamariam de panchitas, se éramos isso mesmo? Pessoas à toa que valiam o mesmo que um pancho. Como está Joana?, perguntei à mãe de Joana, uma vizinha da vó que viu todos nós crescermos. Joana?, me respondeu, como se eu tivesse falado de algo inexistente. Vem, me ajuda a fazer mais tamales!, gritou a minha avó. Obedeci e fui pra cozinha fazer os tamales doces. A minha avó fez um gesto pra eu me calar. O que foi, o que aconteceu com a Joana? Shhh, fica quieta, ela disse, me beliscando com a voz. O quê? Não posso perguntar nada? Joana se foi, desde que você foi embora muita coisa aconteceu. Pra onde ela foi? Não sabemos, ainda não sabemos, mas vamos saber. Você acha que as pessoas ficaram paradas desde que você foi embora? Aqui as coisas continuam acontecendo, não pergunte coisas que você não quer saber.

    Joana foi levada por uns milicianos numa caminhonete cinzenta. Joana tinha ido comer tortilhas às três da tarde. Um desses homens era o ex-namorado dela, por isso as pessoas que viram que ela não queria entrar na caminhonete acharam que era briga de casal. Não souberam mais nada. Uns acreditam que ela está morta, outros que levaram ela pra Tlaxcala, porque a família do ex-namorado era de lá. Ninguém disse nada pra família do ex-namorado, continuam vivendo normalmente na vila. Todos sabem que, quando são milicianos e têm dinheiro, é porque passaram pro outro lado, já não são militares, mas trabalham com militares e com os outros. O meu tio disse à minha avó que não se metesse, que era coisa feia, que não corresse perigo, então ninguém fala de Joana, nem sua própria mãe. Dizem que o irmão do ex-namorado anda por aí com uma arma na calça e não tem que dizer nada pra sabermos de tudo. Que ainda por cima é uma arma militar, então é óbvio que está bem relacionado. A minha avó disse que o irmão de Joana pediu transferência pra Tlaxcala pra procurar por ela, mas ainda não a encontraram. Você acha que perder alguém pra morte é o pior que pode acontecer com alguém?, me perguntou a minha avó. Você acha? Diego já está aqui, conosco, de onde nunca deveria ter saído. Mas e Joana, como rezamos por ela, o que pedimos por ela?

Estar morrido é pior que estar engasgado, né?, Diego nos disse na primeira vez que se jogou no mar e lhe entrou água por todos os lados. A minha avó morria de rir. Eu morria de rir, meus tios e tias morriam de rir. A minha mãe não, porque ela já estava na Espanha. Diego gostava do mar mais do que tudo, por isso a minha tia presenteou ele com aulas de natação, porque dava pra ver que ele gostava muito mesmo. Coitadinho, sem pai nem mãe. Pelo menos vai nadar, também não é tão caro. E o meu avô levava ele nas terças e quintas, das cinco às seis da tarde, enquanto eu ficava em casa fazendo o dever da escola antes que ele voltasse e quisesse fazer coisas que eu tinha que participar. Estar morrido é pior que estar engasgado?, eu perguntava enquanto dava banho nele ou quando implicava com ele ou lhe dava o jantar.

E Diego ria e dizia que sim: Não vou parar de nadar só porque me engasgo. Vou voar na água. Mas cuidado, não vai morrer, eu dizia. Não, morrer não, ele me garantia e engolia os biscoitos de chocolate com leite. Você acha que se morremos vamos pro céu? Não, acho que não, eu disse. Você acha que o teu pai está no céu? Não, o meu pai está na terra, foi onde colocaram ele. E é aí que nós vamos ficar também. Nada de céu. Voar pelo chão? Sim, anda, vamos voar pelo chão. Você acredita no céu? Não, eu não acredito no céu, Diego, come teu biscoito. No que você acredita? Em nada, a gente morre e pronto. Morrer e pronto, espero ter voado antes. Sim, Diego, se você se dedicar, você vai voar. A minha mãe acredita no céu ou também não? Não, também não acredita, não somos crentes. Mas eu acredito, me disse muito orgulhoso, porque eu vejo ele todos os dias com esses olhos aqui, que são os meus, e não os teus. Tomara que Diego tenha morrido acreditando no céu. Tomara.

Do Diego de Madri só levei comigo pro México as cinzas, seu celular meio quebrado e uma camiseta que comecei a usar todos os dias pra dormir. Nos primeiros dias escrevi à minha mãe pra saber como ela estava, mas ela respondia pouco, então parei. Quem amava a minha mãe? A minha mãe não servia pra nada! Jimena é que se preocupava e me dizia que tinha depositado um pouquinho mais de dinheiro para o que precisasse no México. Quando você volta?, me perguntava toda vez que conversávamos. Logo, eu dizia a ela. Logo. Mas eu não queria voltar, de repente tinha tudo que eu queria quando estava em Madri: comida, avós, atenção. Normalidade. Sem bundas, sem fraldas, sem choros alheios. Pra que voltar a Madri? E pra que ficar no México?, me perguntava Jimena retoricamente, me diz pra quê. Diz pra quê. Vou ver. Mas me garante, minha menina, que eu não me ferrei pra pagar a tua passagem pra você agora sair com essa de que não volta! Claro que não, eu te aviso.

Antes que terminassem os rosários, resolvi perguntar por Ricardo, e logo me disseram que ele não estava, que tinha ido pro norte. Pra quê?, perguntei. Você não ficou sabendo? O quê? Ai, você não sabe de nada, parece que nem é daqui. O que houve com Ricardo? Lembra que ele tinha um cachorro? Sim, lembro. Bem, ele matou o homem da guarita de vigilância com o cachorro. Como?

Fui apaixonada por Ricardo quase toda a minha pré-adolescência. Fizemos o ensino fundamental no mesmo lugar, e ele era um ano mais velho que eu. O que aconteceu é que ele reprovou no quarto ano e ficamos na mesma sala. A professora não gostava dele, ele sempre foi arruaceiro, mas eu gostava, ele me pedia o dever de casa, mas também me fazia rir e me dava o almoço dele. De novo a tua avó mandou sanduíche de presunto?, ele me perguntava em tom de deboche, e eu respondia que sim. A minha avó sempre, mas sempre, mandava sanduíches de presunto. Então, quando ele tinha vontade, me dava seu almoço, que costumava ser bolachas ou omelete. E se ele tinha dinheiro, me comprava um picolé, daqueles de cinquenta centavos. Pega teu picolé, que você está muito magra, precisa comer. A minha melhor amiga, Ruth, me dizia que ele gostava de mim, mas eu achava que éramos muito jovens e ficava nervosa e dizia a ela que não, que não me falasse disso. Sempre que te vejo você está com a minha amiga, Ruth dizia a Ricardo, como se fosse uma brincadeira, mas acabava me arrastando embora. Se você deixar que ele te compre picolés, logo ele vai querer te passar a mão. Você está louca, ele só me dá as sobras dele. Você se faz de tonta, mas no fundo sabe, me dizia Ruth. Ricardo é do mal, ele bate no Marcos, bate no Armando. Você gosta de apanhar? Ai, mas a gente só conversa na aula e deu. Se você não quer problemas, não se meta com Ricardo, insistia. Você não sabe de nada. Por que não gosta do Ricardo? A minha mãe é amiga da mãe dele, e minha mãe sabe que o pai dele é general e já fez maldade. Isso diz a minha mãe: o fruto não cai longe do pé. E ela não deixa que eu ande com Ricardo, então não ande com ele também. Mas eu levava a sério e não levava, falava com ele quando ela não estava por perto e depois dizia que eu mesma tinha comprado os picolés, ainda que fosse mentira, porque a minha avó nunca me dava dinheiro. Ricardo e eu ficamos amigos até o final do ano, e ele foi reprovado de novo. Mudaram ele de escola, continuamos morando no mesmo condomínio, mas não nos falamos mais, até que chegamos no ensino médio e nos encontramos numa festa do nosso vizinho Julio.

Você viu quem veio pra festa?, me perguntou Ruth. E eu me virei pra olhar e senti que ia ter diarreia. O estômago, sempre o estômago. Ah, olha, é o Ricardo, eu disse. Ficou mais bonito, disse Ruth e começou a rir. Eu não fiz nada, ele me viu, mas não me cumprimentou, continuou conversando com os amigos, aí a minha amiga se enfiou no banheiro pra beijar um garoto e eu fiquei na porta vendo o pessoal dançar. Então Ricardo passou com outros quatro e saíram da casa. Nós estamos indo até as quadras, vamos?, me disse um deles. Eu não disse que sim nem disse que não, e eles foram embora. Então, depois de uns quinze minutos, peguei minha jaqueta e fui procurá-los.

Ricardo estava fumando um cigarro, sozinho, os amigos dividiam outro entre todos. Então me aproximei e ele me ofereceu o dele. Ainda tenho que me encarregar de te abastecer? Trouxe teu sanduíche? Eu sorri. Quer ou não?, me perguntou. Eu disse que não, porque se meus avós sentissem cheiro de cigarro em mim eles seriam capazes de qualquer coisa. Então por que você veio?, ele perguntou. Pra te ver, eu disse. E os amigos dele riram da gente, mas o Ricardo mandou eles calarem a boca. Ele me fez um gesto para acompanhá-lo até o fundo das quadras, onde havia mais privacidade.

Não conversamos muito, mas ele me contou que ia largar o colégio e entrar pro exército. No fim das contas, é isso que o meu pai quer, e ele não se dá por satisfeito com nada. E você, o que quer?, perguntei. Que ele me deixe em paz. Não saí como o meu irmão, não vou ser cadete, mas militar sim, sim, é isso que posso desejar. Mas você, o que quer?, insisti. Por que não?, ele respondeu. Dei de ombros. Depois nos beijamos. E eu não queria parecer desajeitada, nem boba, nem inexperiente, então comecei a acariciar suas costas por baixo da camiseta e ele deixava, como o inexperiente bobo que era. Então eu continuei. Coloquei minha mão dentro da calça dele e ele me olhou com seus olhos cor de mel assustados. Deixou que eu fizesse nele, ainda que em mim ele não tenha feito nada. Então eu toquei nele até que ele acabou e manchou a minha mão com seu sêmen. Me pediu desculpas, mas eu disse que não tinha problema. Ele me deu seu boné de beisebol pra eu limpar a mão. Depois me deu outro beijo, quase por obrigação, e me disse que tinha que ir embora. Eu disse sim, e deixei que se fosse. A última vez que vi ele, antes que partisse para o treinamento de soldado, foi caminhando para o supermercado, quando ainda era administrado pelos militares. Eu estava indo com a minha avó, e ela me perguntou se eu conhecia aquele menino. Eu disse que sim. Pois não fale com ele, não fale com ninguém da família dele. Por quê? Por que você tem que questionar tudo? Não fale com ele e ponto. Ricardo, que estava com os amigos, passou por nós e nos disse boa tarde. Boa tarde, senhorinha, como vai sua filhota? Vá pro quinto dos infernos, a minha avó disse, e Ricardo caiu na gargalhada com seus amigos. Adeus, filhotinha, gritou pra mim, e se foram. Me deu raiva e tristeza ao mesmo tempo, a minha avó virou o rosto pra mim e disse que não queria me ver conversando com esse menino, e já não perguntei por quê, apenas disse que sim.

Como que o Ricardo matou o vigia com um cachorro?, perguntei à minha avó, meio espantada, meio nauseada. Como, disse a mim mesma, esse Ricardo, que era o meu Ricardo, pôde fazer isso? A minha avó disse que achava que as minhas amigas teriam me contado: Foi tão falado, saiu até nos jornais. O que aconteceu? Pois esse menino andava mal, você já sabe, sempre foi um caso perdido, e com um pai como o dele... O que você esperava? O vigia recebeu ligações dizendo que estavam fazendo muito barulho na casa do Ricardo numa madrugada, numa festa, então foi pedir que por favor desligassem a música, mas o Ricardo ignorou e fechou a porta. Disseram que o vigia era muito jovem e na verdade não sabia vigiar, nem tinha experiência, só precisava de um emprego, então ele quis deixar pra lá, não queria problemas, mas os vizinhos insistiram, porque esse era o trabalho dele, era pra isso que o pagavam. Então ele voltou e insistiu que tinham que acabar com a festa. Que tinham não apenas que baixar a música, mas que as pessoas que não moravam ali fossem embora. Não sei por quê, mas dizem que Ricardo estava usando luvas de boxe e começou a ameaçar e avançar sobre o vigia, então ele disse que ia chamar a polícia, mas Ricardo e seus amigos riram e colocaram ele pra dentro da casa debaixo de tapas. Os vizinhos saíram pra ver o que estava acontecendo. A última coisa que viram Ricardo fazer foi tirar as luvas de boxe, continuar lutando contra o rapaz e dar um soco no meio da cara dele. Depois, as risadas dos amigos e, depois, mais música, muito alta. Foi quando os vizinhos chamaram a polícia. O que encontraram foi o vigia morto e os móveis destruídos. O cachorro tinha mordido o rapaz, pelo menos é o que dizem, foi ele que deu a mordida fatal. Fiquei horrorizada. Não consigo acreditar, foi a única coisa que eu disse à minha avó. Você nunca acredita em nada. E era verdade, eu não acreditava no mundo do jeito que ele era. Depois, já de noite, comecei a rir e a chorar e pensar que eu queria procurar Ricardo, sabe-se lá por quê, mas queria vê-lo. Contar a ele sobre o meu irmão, procurar um motivo pra ficar, mas, depois de saber disso, eu não sabia qual era a minha casa. Eu pensava que o México era a minha casa: eu era como um rato.

Tinha a impressão que a minha avó tinha aceitado o que Diego fizera como algo normal, como se esse sempre tivesse sido seu destino. O que você esperava, que um Nobel de Física nascesse nesta casa? Não, mas alguma outra coisa. As pessoas nascem onde nascem e são o que são, por mais que a tua mãe pense o contrário. De repente a minha avó já não era a minha avó, já não era sinônimo de lar, mas apenas mais uma senhora chefe de família. A minha avó já não era a senhora velhinha de quem eu me lembrava enquanto dava banho em Laura na sua casa em Barcelona, mas uma mulher dura, quase impenetrável, como a minha mãe. Como se a morte de Diego tivesse transformado ela em outra pessoa ou como se, na ausência do meu irmão, e com o passar do tempo, eu não morando mais em casa, estando longe, tivesse percebido quem ela realmente era. Como você está me vendo, você verá a si mesma, ela me disse. Não entendi bem o que ela quis dizer, mas isso me deixou indignada. O que ela queria, que normalizássemos a morte de Diego?

Você já sabe o que houve com Joana, e sabe muitas coisas desta família. Se Diego quis desafiar Deus, deu de cara com o poder dele. Ah, que vontade me deu de partir pra cima dela. Você não sabe como é lá em Madri, vó. Não, mas o que eu sei é que a gente tem que enfrentar a vida, não fugir. Como você acha que eu me sinto na frente da mãe de Joana ou da mãe de Ruth quando conto a elas que meu neto se suicidou? O que elas dariam pras suas filhas terem a oportunidade de continuar vivendo! Diego foi muito ingrato. Você sempre mimou ele demais. E senti nessa última frase o seu ódio e o seu rancor contra mim. Eu não disse nada, não porque acreditasse que o suicídio de Diego fosse minha culpa, mas porque naquele momento se abriu um enorme abismo entre ela e eu. Não éramos mais avó e neta, toda aquela fantasia familiar que eu tinha criado na Espanha havia acabado.

Meu avô parecia destruído. Mais calado, com pouca energia. O que vamos fazer com Dieguito?, ele me disse enquanto olhava pra caixinha de cinzas e sua voz falhava. O que você quer fazer?, perguntei. O que você achou dele na última vez que se viram? Não estava feliz? Como foi que de repente aconteceu isso? Não sei se foi de repente, às vezes tenho a sensação que ele planejou muito, que fazia tempo que estava se despedindo e a gente não escutou, mas diante do meu avô eu apenas ergui os ombros, não disse nada. Meu avô apenas moveu a cabeça e se apoiou sobre a caixinha de cinzas, como se tentasse entender. Encomendei uma urna com uma cruz na frente, já sei que você não acredita, mas... Tudo bem, tudo bem, eu disse. Ele não gostava de Madri? Torci os lábios, dizendo que não. O que aqueles galegos faziam com vocês?, insistiu em saber, mas eu não soube dizer. Não consegui expressar nada. De qualquer forma, como seria aqui? Você acha que ele teria ficado aqui? Foi a única coisa que pensei em dizer, como se defendesse Madri. O meu avô apertou os lábios e depois respirou fundo e passou a mão na minha cabeça. Pediu que o acompanhasse, pegou as cinzas e colocou numa mochila. Saímos de casa, a minha avó estava na missa.

    Da caixinha de cinzas de Diego, meu avô pegou um punhado grande e colocou numa sacola de plástico e me entregou. Voltei a tocar em Diego, macio, fininho, quase imperceptível entre meus dedos. Fomos buscar a urna que guardaria os restos do meu irmão. Muito formal, envernizadinha, de cor verde-escuro. Depois fomos em direção ao aeroporto e descemos do táxi entre a estação de metrô Hangares e a Terminal Aéreo. O meu avô procurou a passarela de pedestres mais próxima e, lá em cima, ele me pediu que lhe desse a sacola de plástico e depois, assim, com os olhos baixos, um pouco hesitante, me perguntou: Que música poderíamos cantar pro Diego? E eu olhei pra ele incrédula, mas com medo de ficar tão abalada quanto ele me parecia estar. A música preferida dele?, perguntei. Sim, daquelas que ele ouvia com você. E me deu um branco completo: Pois não sei, vô, é que eram todas em inglês. Então que seja em inglês, ele me disse esperando, como se estivesse pronto pra começar o ritual e eu estivesse atrapalhando: *I feel it in my bones, I'm stronger now, I'm ready for the house, such a modest mouse, I can't do it alone, I can't do it alone*, comecei a cantar por inércia, meio que mecanicamente, para não estragar o momento. E ele pegou as cinzas de Diego e deixou que elas se espalhassem pela Cidade do México. Onde nasceu Diego, onde nasci eu, onde nasceu minha mãe e nasceram os meus avós. Foi o nosso funeral, o mais digno para o meu irmão, ao menos é nisso que quero acreditar. Antes de irmos embora, o meu avô deixou flores na passarela. Foi dali que ele nos viu ir embora para Madri. Foi ali que ele quis ir para chorar Diego, sem dizer nada para a minha avó, porque parece que nós copiamos e repetimos os mesmos padrões, suponho que isso é ser uma família. Ou é nisso que me agarro quando penso na família de que fui parte.

Se de Joana não perguntei mais, de Ruth, sim, e procurei a família. Perguntei ao meu tio em que destacamento estava o irmão dela, e ele só disse que trabalhava na Defesa. Então pedi pro meu avô chamar um táxi de confiança e fui procurar por ele. Foi difícil de encontrar, mas enfim me deram informações sobre ele na entrada do hospital. Me perguntaram pra que queria falar com ele, eu disse que era sua namorada. Foi depois disso que falaram pelos walkie-talkies e fizeram ele ir até a entrada, onde eu estava esperando.

 Quando me viu, ele arregalou os olhos, não estava me esperando. Me convidou pra tomar um café lá dentro, não deixavam que eles saíssem de uniforme pra rua. Tá foda aqui, ele disse. Que bom que você foi embora. Me perguntou por que eu queria saber de Ruth, e eu disse que era impossível não querer saber dela. Ruth me disse que você não escreveu mais pra ela depois que foi embora, me repreendeu o irmão, como se estivesse tateando pra avaliar se valia a pena me contar. Eu disse a verdade. É que eu tava fodida, tudo é difícil, eu disse. Ele apenas sorriu. Tudo é difícil?, me perguntou enquanto remexia umas chaves entre os dedos. O que aconteceu com Ruth? Por que você não fica com a imagem que tem dela? Porque ela é minha amiga, você entende. E ele entendia, ela e eu tínhamos passado todo o ensino fundamental e médio juntas, dormíamos na casa uma da outra, até passamos Natais nas mesmas casas, principalmente depois que minha mãe foi pra Espanha. Eles eram como a minha segunda família.

    De Ruth, o que posso dizer é que nós preferimos deixar quieto. Não querer saber é melhor, não dá pra lidar com a verdade, ele me disse, sério. Mas como, o que houve?, eu insisti. Ruth ficou noiva de Joaquín. Joaquín foi um dos poucos que entrou na Academia Militar. Lembra? Então ficamos esperando que definissem pra onde ele ia pra saber se Ruth ia com ele, e foi o que fizeram, não se casaram, Ruth saiu da escola, foi atrás de Joaquín. Foram pro lugar mais fodido, justo quando pra todo lado tinha tiroteio. Lembra? Joaquín estava sempre em missões, você sabe como é. A minha irmã foi com ele pra ficar sozinha. A minha mãe insistiu que ela voltasse e que era melhor ir visitar a cada quinze dias, que afinal ela só se encontrava com ele a cada quinze dias, mas os dois estavam muito apaixonados, você sabe como ela era. Então ela ficou lá e começaram os tiroteios. As emboscadas... Logo Ruth só nos mandava mensagens, dizia que passava o dia deitada no chão de casa, que moravam perto do riacho e que justo ali era onde os garotos combinavam de se encontrar. Ela teve que ver até granadas na rua de casa. Estava muito nervosa. E aí, bom, você pode imaginar no que Joaquín andava metido, e então foram atrás dele e de uns outros do destacamento. Emboscaram todos num bar, ali, com civis, até crianças. Nesse lugar, calcula, vendiam tacos e cerveja, você sabe, uma carninha assada. A minha irmã e ele saíram naquela noite pra jantar com outros do destacamento e foi ali que pegaram eles. Morreram todos. A minha irmã era a única namorada de um cadete, e nas notícias nem disseram que eram militares, só falaram que foram tantas e tantas mortes. Foram uns sete, mais a minha irmã, e mais uns oito que não tinham nada a ver, que estavam só jantando ali. Acabaram com o corpo da Ruth, nos entregaram quase desmanchada, em sacos plásticos, porque estavam com excesso de cadáveres. Meu pai e eu fomos buscar.

Você não pode imaginar como é buscar a tua irmã e o teu cunhado nesse estado, nessas condições. Mas foi assim, e assim era, ou ainda é, o que acontece é que já quase não se fala disso. Pra quê? Só serviria pra fazer propaganda pros desgraçados, mas foi isso que aconteceu com Ruth. Simplesmente foi morrer no norte.

Mas o que Joaquín fez?, perguntei. Vai saber. As pessoas falam, mas pra que saber? Isso vai nos devolver a minha irmã? Só pra correr o risco de nos espionarem, saberem quem somos, porque tem infiltrados em todos os lugares. Pra que saber? Se Joaquín fez coisas que não devia, ele vai descobrir perante Deus, perante a minha irmã. Aqui, nós apenas ficamos com a sensação de que não devia ter sido assim, mas que pelo menos eles partiram juntos. Imagina Ruth chorando por Joaquín pelo resto da vida. Não, não tem como, não? Não, eu disse, pra dizer alguma coisa.

Depois, ficamos de nos encontrar na sua casa, que eu iria visitar a mãe dele pra poder conhecer os filhos do seu irmão mais velho, de quem a mãe dele cuidava. Que eram pequenos, um menino e uma menina, e a menina obviamente se chamava Ruth. Pediu meu telefone e até tiramos uma foto juntos. Mas não chegou a me ligar.

Ruth morreu muito jovem. Ela, Diego e Joana eram muito jovens. Eu estava ficando sozinha, cada vez mais sozinha.

Eu não sabia se valia a pena contar ou não ao meu avô as coisas que Diego fazia em Madri. Não queria mudar sua percepção do meu irmão, mas ele insistiu que queria saber o que estava acontecendo. Eu não sei o que ele fez, vô, de verdade, porque eu nessa época já estava em Barcelona, mas sei que dinheiro ele nos roubava, da minha mãe e de mim. Agora, se ele fez mais coisas, não sei, porque não vi, a minha mãe não me contava muito.

Se perguntarem pra mim o que ele fez, o que ele fez pra mim, foi me fazer crescer de supetão. Me pegou desprevenida, num dia era o menino que me obedecia e me respeitava e no outro um grosseiro insuportável. Ou era uma coisa ou era a outra, era difícil lidar com ele. O que eu nunca vou esquecer é a primeira vez que ele fugiu de casa, porque me lembro e me dá vontade de chorar: brigou por qualquer coisa, começou a gritar com a minha mãe e eu quis fazer ele parar, mas me empurrou e quase me derrubou no chão. Depois quis pegar as chaves dele, mas ele já estava muito alto e maior e não consegui. Me deixou falando sozinha. Eu lembro que foi só escutar ele fechando a porta e o meu estômago se revirou. Bastou ver Diego ir embora, deixar de nos respeitar, e quis até vomitar. Como se tivesse feito a pior coisa do mundo, como se sua rebeldia tivesse violado algo muito profundo. E foi isso que eu senti, fui pra cama para pensar no que fazer e parecia que tinham me tirado algo, como se Diego tivesse roubado Diego de mim. Depois minha mãe foi me pedir coisas, nem lembro o quê, mas nunca vou esquecer do seu vestido azul, de botões azuis, cor de smurf, me dizendo que nós dois éramos iguais, que éramos sempre um problema e nunca uma solução, e me pedia reações, Vai atrás dele, traz ele de volta, vou mandar vocês dois pro México! E eu quase nunca respondia nada pra minha mãe, porque sabia que o que quer que eu dissesse, ela sempre ia ter a capacidade de mudar as coisas e fazer de tudo um problema dela, como se respirar, nascer, viver, comer, cagar, tudo, tudo isso, fizéssemos contra ela, pra fazer mal a ela, como se fôssemos uns perversos e odiássemos ela. Não me disse nada além de gritos, e eu coloquei meu casaco e saí pra procurar Diego no La Vaguada, no parque, na Pirâmide, em toda Monforte de Lemos, mas nada, não vi Diego. Então liguei pra mãe de Marina e a mãe de Marina ligou pra outras mães, todas perguntando por Diego, e então as colegas de Marina me colocaram em grupos de WhatsApp e lá pediam que quem soubesse alguma coisa de Diego, que falasse, que estávamos preocupadas, mas ninguém disse nada, ninguém sabia de nada. Aí passou da meia-noite e Diego nem atendia o celular nem nada. Então pedi pra Marina por favor conferir nas redes se Diego tinha postado algo, mas ela me disse que não, que não podia ver o perfil dele, que ele tinha bloqueado ela. E eu ficava com medo de Diego andando sozinho pela rua, porque já tinha acontecido duas ou três vezes da polícia o deter e pedir seu documento de identificação, e Diego, que se enfurecia muito fácil, se negou a mostrar seu visto de residência e os policiais colocaram ele na viatura e o ameaçaram com deportação, mas depois verificaram melhor e viram que era menor de idade e já me ligaram, mas também nessas duas vezes me disseram que era preciso ter cuidado, porque era muito fácil que adulterássemos os documentos para parecer que Diego era menor de idade e que, na próxima vez que meu irmão complicasse, iam fazer nele os testes biológicos pra determinar sua verdadeira idade. Aqui não é como no seu país, aqui a gente respeita as regras. E eu, engolindo a raiva, dizia pra eles aham, aham, e eles soltavam ele e já diziam pra cortar o cabelo, que se apresentasse direito, e Diego mais uma vez queria protestar, mas eu mandava ele calar a boca e levava ele pra casa. Por isso dessa vez que já era de noite me preocupei muito. E se ele for visto caminhando sozinho e for levado pra polícia e ele, só por teimosia, não nos liga e decidem deportá-lo? Tinha medo que tudo isso acontecesse, e por isso continuava mandando mensagens pedindo que respondesse e dissesse que estava bem, mas ele não respondia, e eu sentia como se de fato tivesse perdido ele e queria abrir a cabeça dele e revisar as conexões neurais e perguntar: Onde você está ou o quê? Onde você foi, Diego? Claro que ele não voltou naquela noite, e eu com a boca seca e a minha mãe com seus próprios sofrimentos, e nós duas no dia seguinte indo trabalhar, ela indo cuidar da senhora que a desdenhava e eu indo cuidar do bebê lá de Mirasierra e limpar a casa, porque, para aquele casal, não parecia suficiente que eu tivesse que alimentar o bebê e mantê-lo calmo, eles achavam que, por dez euros a hora, tinham o direito de me pedir que também lavasse as roupas, os pratos e fizesse a comida. É muito difícil, nossa, fazer tudo enquanto cuido de Santi, dizia a mulher, e me entregava o bebê nos braços enquanto colocava as sandálias e o perfume e me dava a lista de coisas pra limpar. E naquele dia, com os nervos e o estômago na boca, sem avisar ao casal que ia sair com o bebê, entrei no metrô com o filho deles e uma bolsa de fraldas nos braços e fui até a escola de Diego, que ficava a umas três estações daquela casa, e perguntei à secretária pelo meu irmão e eles me disseram que ele estava lá, que não podia sair, e só de escutar que o burro não estava assim tão burro, porque ele tinha ido à escola, senti que minha alma voltou ao corpo, e já passei a carregar o bebê com menos apreensão e levei ele pra passear no La Vaguada, perto da saída da escola de Diego, porque eu queria estar ali antes que ele pensasse em fugir de novo, e lá estava eu, com o bebê inquieto, subindo as escadas pra chegar à entrada principal do edifício e vê-lo sair. E foi isso, assim que nos vimos, a raiva nos subiu à cabeça, mesmo morenos, morenos como éramos, o sangue na cabeça ficou visível. Nem me cumprimentou nem nada, só me permitiu caminhar ao seu lado e eu perguntei o que ele tinha na cabeça, e ele, merda, certamente tinha merda, e eu fazendo gestos de filhodumaéguamaldito perguntei o que ele pensava em fazer, e o muito desgraçado dizendo que nada, o de sempre, ir pra casa. E eu fiquei: Assim sem mais nem menos? Você nos deixa com o coração na mão e agora só vem dizer que tudo certo, tudo tranquilo, que vai pra casa... E ele, ainda muito puto, muito metido: Eu não vou pedir desculpas, nem pense nisso. Você já foi toda fofoqueira maldita informar a escola inteira e já fui lá com a maldita monitora ouvir que isso não se faz e me dando lição de moral. Não vou pedir desculpas, me disse o muito desgramado, e eu com o estômago arrebentado, a madrugada toda em claro, com diarreia, com a boca do estômago ardendo. Não me arrependo, eu tava por aqui com vocês, ele disse, e eu tinha vontade de dar um tapa nele ou algo parecido. Era muito difícil o que estava acontecendo, a ponto de me fazer ferver o sangue, mas ao mesmo tempo eu tinha tanto medo de dizer qualquer coisa que fizesse ele ir embora de novo e que eu ficasse sem saber dele que me contive totalmente de dizer algo, de fazer algum movimento diferente. Eu simplesmente fui me certificar que ele entrava em casa e no seu quarto, e eu com o bebê faminto, só lhe dei uma banana na minha casa e troquei a fralda e o embrulhei, toda trêmula por ter esse medo insano de que Diego voltasse a fugir, mas ele ficou no seu quarto, com a porta fechada, e eu tive que respirar fundo e segurar a vontade de trancá-lo em casa, de tirar as chaves dele, de pedir que por favor não saísse, que não fizesse isso nunca mais. E fui levar o bebê pra sua casa e terminar de ajeitar tudo direitinho para que, quando os pais chegassem, pudessem tirar os sapatos e sujar de novo, porque depois ia eu limpar tudo.

Quando Ricardo voltou do treinamento militar e já era soldado, começamos a namorar escondido. E dizer namorada é exagero, porque na verdade não éramos. A gente só se via de vez em quando, quando ele tinha um dia livre. E também não conversávamos muito, Ricardo não era dos que sabiam falar, nos encontrávamos no destacamento que ficava dentro do condomínio, porque, ainda que, a princípio, ele não estivesse ali, mas em Santa Lucía, ele ia para ver seus colegas ou fazer coisas das quais eu não me inteirava. E nos enfiávamos no meio dos arbustos do jardim de trás e ali nos beijávamos, ficamos assim por uns três meses. Depois o colocaram como vigia do banco ali do condomínio mesmo, e isso era bom, porque ele tinha um horário em escala vinte e quatro por vinte e quatro e ganhava um dia de folga e então aproveitávamos pra usar sua cama de vigia enquanto os colegas dele ficavam de guarda.

    Todo esse esforço para nos escondermos, todo esse ocultamento para me encontrar com ele apesar das advertências das minhas amigas, da minha família, fazia eu me sentir viva. Ele me convidava pra qualquer coisa e transávamos. Da primeira vez eu estava mesmo muito excitada, e ele cochichava no meu ouvido e me falava das muitas vezes que tinha desejado estar daquele jeito comigo. E eu me deixava levar e, como era a primeira vez, pensei que estava tudo ótimo, mas depois já não foi tão prazeroso. Parecia que Ricardo estava sempre em outro lugar, me beijava e me tocava e até me olhava nos olhos, mas não me via, sempre tinha o olhar perdido, e eu me empenhava em acreditar que ele pensava em mim e em como eu era importante pra ele, mas a verdade é que sempre eu que fui atrás dele pedindo pra nos encontrarmos. Ricardo sempre esteve em outro lugar.

Uma vez, meus avós foram à basílica, saíram cedo e me disseram que eu tinha que fazer comida para Diego e para mim, porque eles voltariam tarde. Eu disse que sim e logo que vi eles saírem e fecharem bem a porta, fui correndo ligar pro Ricardo, para que fosse lá em casa naquele momento, porque Diego estava dormindo. E ele foi, foi rápido, porque tudo ficava perto, e fomos pro banheiro. E assim, sem aviso, me encurralou contra a pia e acabou rápido, e eu não gozei. Então eu disse mais uma, que eu queria mais, e ele riu, mas gostou, e me disse pra lhe dar um minutinho e começou a se tocar pra se estimular e eu disse: Deixa, eu te ajudo, me ajoelhei e comecei a chupar. Ricardo já estava reagindo quando eu abri os olhos e vi Diego se esgueirando na porta. Bati a porta na cara dele e me levantei rápido e Diego começou a chorar de susto e eu pedi a Ricardo que fosse embora. Demorei muito tempo para consolar o meu irmão e fazê-lo entender as coisas de um jeito diferente para que não fosse me denunciar aos meus avós. O que você viu foi nos teus sonhos, Diego, não tinha ninguém em casa quando você acordou. Tinha sim, tinha um menino e você estava chupando o pinto dele. Ai, Diego, claro que não, que nojento você dizer isso! E Diego, de novo assustado, começou a chorar. E assim ficamos um tempão até que convenci ele de que ele é que tinha se comportado mal e que, como tinha feito uma coisa muito ruim, não podia contar pros avós. O que você acha que viu é horrível, Diego, e se você disser pros meus avós eles vão te castigar e não vão te deixar ver televisão, eu disse. E foi isso que convenceu ele a não me denunciar, ainda que, quando estava maiorzinho, teve um dia, do nada, enquanto ele tomava banho e eu cuidava dele, que ele tocou no pênis e se virou pra mim e me disse muito sério: Você uma vez chupou o pinto de um menino, não foi?

Não terminei nenhuma relação com Ricardo, porque não tínhamos nada. Mas parei de procurá-lo, porque vi ele caminhando e rindo com Ana, uma das nossas colegas do fundamental. Sim, senti como se fosse uma facada no estômago, mas disfarcei bem e ele também. Ele só me viu passar ao lado deles e lançar meu olhar fulminante, mas seguiu em frente, como se nada tivesse acontecido. Não pude contar a ninguém que me sentia triste, porque ninguém sabia que a gente se encontrava.

De quem fiquei com ódio foi Ana. Não queria mais ver ela. Nem cruzar com ela em lugar nenhum. Essa foi a primeira vez que senti muita vontade de ir embora do México e que a minha mãe nos levasse com ela. A vila estava pequena pra mim: sempre as mesmas pessoas, sempre as mesmas coisas, sempre isolados do mundo, sempre sendo aqueles das famílias dos soldados, sempre numa espécie de bolha. Sempre vendo as mesmas pessoas indo, voltando, e não sabiam se mandavam a família de Ruth pra Sinaloa ou Durango, se faziam isso no meio do ano escolar a gente começava a chiar, e voltavam depois de seis meses, e de novo iam embora. Eu era das poucas que não se mudavam, porque meu avô estava aposentado, mas os outros, sempre os outros, saíam de lá pra depois sempre voltar. Sempre voltavam, que chatice.

E a família de Ana era mais ou menos assim, estável, porque a mãe dela era médica militar e ela morava na outra unidade, a da frente, onde os de patentes mais altas tinham as suas casas e o seu parque. Não apenas edifícios, também casas com jardim, onde os generais tinham suas casas menores, suas outras famílias. Apesar de tudo, a maioria de nós ia à mesma escola, no ensino fundamental e no médio; por isso o fato de que Ana tinha deixado de ser nossa colega quando a mandaram para uma escola privada era algo importante e nos distanciava. E aconteceu isso.

Ana se sentava do meu lado na terceira série do fundamental, éramos amigas, a gente andava com Ruth e Célia no recreio, mas entre Ana e eu era mais que isso, ela às vezes me convidava pra comer na casa dela. Foi lá que aprendi a ordem dos talheres e dos primeiros e segundos pratos. Também lá senti inveja de que uma menina da minha idade pudesse ter um quarto e brinquedos só pra ela.

Às vezes brincávamos de atrizes. Ela me emprestava suas roupas. Seus vestidos. E nós fazíamos penteados e ela me dizia que cabelo tão comprido, mas por algum motivo eu não sentia que ela falava como um elogio, mas como uma observação, como se para deixar o registro de alguma coisa. E uma vez aconteceu que tiramos os vestidos ao mesmo tempo e ficamos de calcinha e ela me disse: Você sempre usa a mesma calcinha de bolinhas. E eu, em vez de dizer: Não, não é verdade, não disse nada e me vesti rápido pra ela parar de me olhar. E depois cada vez que ia na sua casa, me esforçava pra não usar essa calcinha, porque tinha a impressão de que, se fazia isso, era uma coisa ruim.

Depois chegou o fim do ano e ela não parava de dizer que já não ia voltar pra escola, que a sua mãe a tinha matriculado em outra que era muito melhor e muito melhor mesmo. Já ouvimos, Ana, dizia Ruth, mas Ana continuava: Na minha nova escola tem piscina e eles dão aula de natação duas vezes por semana e dão cinco horas de inglês com professoras que falam inglês de verdade. Mas Ana, apesar de tudo que podiam ensinar na nova escola dela, na nossa não era das melhores alunas, e quase sempre que ela me convidava pra casa dela era justamente pra fazermos o dever de casa juntas: Enquanto você não me disser que estou bem na matéria, não brincamos. E eu ajudava, não porque ela impunha condições, mas porque eu achava que era isso que faziam as amigas.

No fim daquele ano, enquanto estávamos enfileiradas para as danças do festival, Eleonora, outra colega de aula, me disse que a professora tinha dito pra eu me colocar na fila da frente. Eu disse que não, claro que não! Eu não vou na frente, disse. Vai sim, que a professora disse que você precisa ir na frente porque vai pegar o teu diploma. Diploma?, perguntou Ana. Sim, vai já pra frente, insistiu Eleonora. Eu agarrei o coque que senti que ia cair e de repente senti Ana levantar a minha saia, Olhem, está de novo com a calcinha de bolinhas, é a que sempre usa, não tem outras, não deve lavar nunca! E todos riram. Eu só saí de lá e fui pra frente e ouvia as risadas lá atrás e logo meu nome na voz da minha professora e eu pegando o meu diploma e Ana e as crianças rindo de mim.

Não falei mais com Ricardo, senti aquilo tudo como uma dupla traição. Foi quando comecei a pressionar Diego pra dizer à minha mãe que tinha que vir nos buscar. Diz que você quer ir pra Madri, diz que é você quem quer! E Diego dizia não, que não, que ele queria ficar com os meus avós. E eu sim, que sim, que você tem que estar com a tua mãe, entende, Diego, tem que morar com a tua mãe. Como você vai saber o que o futuro te reserva se você vive no passado? Mas eu nem conheço a minha mãe, eu amo os meus avós! Mas nós temos que morar com a minha mãe, Diego, temos que ir embora daqui.

Não vi a minha avó chorar até o meu avô trazer a urna verde, quase militar, com o Cristo crucificado, e ele disse a ela pra ir à igreja pro padre abençoá-la. Então a minha avó voltou a se parecer com a minha avó, a pré-Madri, e vestiu roupas pretas e penteou o cabelo maltratado e colocou sapatos de salto, ainda que não lhe caíssem bem porque estava sempre com os pés e os tornozelos inchados por causa da diabetes, e me estendeu a mão, como quando eu era criança, e me pediu que os acompanhasse. Não foi ninguém mais, nem as minhas tias, nem os meus tios, nem os meus primos. Só meu avô, ela e eu.

Eu, que achava que a minha avó não amava mais Diego por causa do que ele fez, a vi segurar as cinzas dele enquanto cantava o que quer que cantassem na missa, e a vi se ajoelhar e pedir que eu me ajoelhasse com ela, e vi as lágrimas no rosto dela, nas bochechas, nas bolsas sob os olhos, no nariz, na coriza. Por toda ela escorria a ausência de Diego, e me lembrei da minha viagem de trem a Madri e pensei no tanto que chorei pelo Diego mentiroso, ruim, egoísta que só ele. Mas já ali, com a minha avó, com o luto em curso, pensei diferente: Seja o que você quiser, Diego, seja o que te der na telha, sonhe com voltar ao mar e fique aqui, no mar de lágrimas da minha avó. Seja o morto que você quis ser.

E não chorei, nem tive vontade de chorar. De repente, assim, acompanhada, justifiquei Diego, abracei sua decisão. Não havia uma vida inteira pela frente, muito pelo contrário: migalhas, peças soltas de quebra-cabeça, um relógio que adianta as horas e uma série de acontecimentos lancinantes, empilhados uns sobre os outros sem rumo fixo. Nada de vida pela frente, nem para Diego, nem para mim. Ao menos o meu irmão teve a clareza de enxergar isso e correr o risco de ser o único a decidir o seu destino.

Quero saber se você se importa com o que está acontecendo com a gente, eu disse à minha mãe antes de ir pro México com o filho dela. Ela me olhou séria, calma, com o semblante seco, inexpressivo, mas não disse nada. Foi Jimena que me levou até o táxi para a despedida.

Menina, leva o teu irmão até lá, vive o teu luto, não mergulha no luto dos outros.

Quando Ezra Koenig escreveu *I want to know, does it bother you? / The low click of a ticking clock / There's a headstone right in front of you / And everyone I know* não estava falando do México, nem de Diego, mas Diego repetia muito essa estrofe e escutava em looping a música: *There's a headstone right in front of you and everyone I know*. O que você disse? Nada, ele respondia, e ria que ninguém entendia sua brincadeira. Teve tanto sucesso ao responder assim e desconcertar quem o escutava que se tornou sua marca pessoal. Se Diego estava mal: *There's a headstone right in front of you*... Se Diego estava bem: *There's a headstone right in front of you*... Até no status do WhatsApp ele colocava. Estava obcecado.

Eu não entendi até que ele se matou e eu voltei pra viver o meu luto no México. Ruth, Joaquín, Joana, Diego... Muitas mortes, e todas elas nos surpreendendo como se não soubéssemos que todos vamos morrer. Mas há mortes e mortes. A de Diego me parece a mais louvável.

Antes de voltar e de que eu soubesse que ia pra Madri, a minha avó me pediu que ajudasse ela a limpar a casa. Não posso te pagar em euros, mas vou te pagar. Estalei os lábios. Me ofendeu, mas já éramos esses animaizinhos agressivos e feridos que apenas tentam não se ferir mais, então eu não quis responder à sua patada. Começamos pelo quarto onde estavam todas as nossas coisas. Para as coisas de Diego ela nem olhou, deixou tudo lá no fundo, mas começou a colocar fora todo o resto. Olha, o vestido de noiva da tua mãe. Tão magra. Olha, o vestido de comunhão da tua tia. Olha, o primeiro terno do teu tio. Olha, o teu avô quando era jovem e foi à minha casa pra dizer ao meu pai que ia me levar com ele. Com o uniforme de soldado?, perguntei. Claro que com o uniforme! Não fosse assim, meu pai não teria levado a sério. Se meu pai me enviou pra casar com ele foi porque sabia que estando no exército eu teria uma renda segura. E assim foi, olha, graças a Deus, estamos aqui. E você queria, vó, estar aqui? Eu achei que sim. Mas talvez pudesse ter sido outra coisa. Ter ido pra longe. Onde você gostaria de ir? Longe daqui, apenas, longe daqui, tanta violência, tanta gente ruim. Mas gente ruim tem em todos os lugares, vovó. Eu sei, eu sei. Olha, olha essas porcarias, acho que foram da Copa do Mundo de 86, joga fora, joga fora! E jogamos muita coisa fora, quase tudo. Eu fiquei com o cobertor colorido de Diego. No meio dos sacos de lixo, a minha avó fazia seu próprio ritual, sem saber que naquela mesma noite as coisas mudariam para todos. Como se algo dentro dela lhe dissesse que tínhamos que deixar as cargas mais leves, que tínhamos que aprender a continuar sem nada, porque à nossa frente, bem na frente de nós e de todos que conhecíamos, havia uma tumba com o nosso nome.

Por causa da pressa da minha mãe ou do seguro ou da agência funerária, não sei bem, tive que pegar um voo com escala em Nova Iorque e de Nova Iorque para o México, quase vinte e quatro horas entre o voo e a escala. Várias horas vagando pelo aeroporto de Nova Jérsei. Duas horas e meia na fila da imigração. Eram muitos querendo ser a rachadura no muro deles.

 Minha mãe já havia feito nosso visto quando estava na Espanha, porque sabia que essas coisas podiam acontecer, voos urgentes com escala e os Estados Unidos no meio do caminho. Os Estados Unidos sempre estiveram no meio da nossa relação com a minha mãe, principalmente entre ela e Diego, porque o meu irmão acreditava que Espanha e Estados Unidos eram tudo a mesma coisa. Mamãe, você pode me mandar esses chocolates que têm as caras dos super-heróis? Mamãe, você pode me mandar uma coisa de Nova Iorque como a que vi no filme? Mamãe, quando você me levar pra Nova Iorque, vamos comer *hot dogs*? E a minha mãe, que era tudo pro meu irmão no imaginário dele, dizia sempre que sim. Afinal, se ela passava por nós todos os dias num avião, que custava passar em Nova Iorque e comprar alguma coisa pro meu irmão?

 Na vida real, era uma irmã da minha avó que morava em Houston quem mandava coisas pra gente. Muitos parentes da minha avó moravam nos Estados Unidos, mas não em Nova Iorque, e, de qualquer modo, Houston, Dubai, Berlim, que diferença fazia? Para Diego, você podia colocar um chocolate na frente dele e dizer que vinha do céu divino e Diego comia contente.

Nós também sonhamos um pouco com Nova Iorque, a hecatombe das nossas ilusões, ao menos das de Diego e das minhas, mas na vida real não nos deixavam passar para chegar ao México. *What are you doing here and where are you going?* Pois vou pro México porque sou de lá. *Will you stay here in the city for some days?* Não, não, é só uma escala, vou pro México. *Are you going to leave the airport?* Não, vou ficar aqui. *With whom will you stay?* Com ninguém, vou pro México. *Are you from Mexico?* Sim, eu sou. *But do you live in Spain?* Sim, é isso. *Where is your ticket back to Spain?* Não tenho impressa, procuro no meu celular? *Yes, yes, look it up.* E lá vou eu, procurar a reserva, o número, digitar a confirmação, baixar a passagem, mostrar que ainda não posso fazer o check-in. Não tenho como mostrar, mas está aqui, veja. *This is Spanish...* Sim, claro que está em espanhol, caralho, claro que está em espanhol, e lá estou eu carregando a página da companhia área na versão em inglês porque o grandissíssimo filhodaputa pode me obrigar a passar por isso porque ele quer, sim, óbvio que quer, e porque pode. O casal espanhol que passou antes de mim não fez nada do que estou fazendo, nem pediram que eles falassem tanto em inglês, nem perguntaram por que sabiam falar inglês, nem se surpreenderam por saberem responder em inglês, nem ficaram olhando a *fucking* fotografia do passaporte e do visto deles, como se fosse uma porra de uma passagem falsa, não, não, deles só olharam os dados e pronto; porque Nova Iorque, Madri, Barcelona, tudo igual, os senhores sabem, dizem, como com os ouriços.

Mas passei e fiquei vagando por todos os corredores com todas as *fucking* lojas cheias de cores e de todos os produtos *big, extra size* que se podia imaginar depois de ter sido revistada por sua polícia gringa, porque por que não?

What bothers you so much about that? It's their job!, Tom--Tomás me disse um dia, e eu apenas olhei pra ele com meu olhar de como pode ser tão paspalho? Porque eu não ia explicar seu *fucking* racismo, *asshole* de merda, e nem ia explicar como pode ser tão paspalho. Me emputece porque me emputece. *Yes but… But nothing, could you shut up?* E ele ria. Nunca considerei Tom-Tomás mais paspalho e mais idiota e mais *gonorrea* do que quando fiquei vagando pelos corredores do aeroporto de Nova Iorque. Mas mais paspalhos éramos Diego e eu: Ah sim, quando formos a Nova Iorque e quando comprarmos nossos Cake Boss em Nova Jérsei, e quando comermos autênticos Dunkin' Donuts, e quando caminharmos por Manhattan, e formos os herdeiros da J.Lo ou algo assim, oh, sim, Diego, que felicidade, como vamos nos divertir, longe da minha mãe e da nova vida e da antiga vida, outra vida, Diego, não aquela onde nascemos, não aquela de que tivemos que participar, aquela de que fugimos, a nossa vida, a que nós escolhemos, aqui, em Nova Iorque, comprando coisas, consumindo coisas, deixando os gringos acreditarem que eles são mesmo o máximo, que eles são os mais fodões, olha todo mundo, querendo morar em Nova Iorque, que tem ratos, que tem percevejos, que tem infestação de gambás, que é mais cara que Madri e Barcelona, que é isso e aquilo e tudo mais, sim, Diego, como vamos ser felizes quando estivermos em Nova Iorque e falarmos inglês com os que falam inglês, mas também pra que não nos digam pra voltar pro nosso país porque neste lugar se fala inglês e coloquem uma câmera de telefone na nossa cara e nos digam pra ir embora e que nós, muito bravos e ofendidos, digamos oh, sim, *fucking redneck*, oh, sim, *fucking* pau no cu, oh, sim, todos nos odiamos, mas como vamos ser felizes em Nova Iorque, Diego, e vamos ir em todos os lugares que você quer conhecer porque, por mais que você cante Vampire Weekend, eles não cantam pra você, eles nem sabem da tua existência, nem querem saber, nem têm interesse em saber de você, nem sabem que foram quatro álbuns, e todas as músicas deles, as únicas coisas que você me deixou como lembrança no teu maldito celular de merda. Como vamos ser felizes, Diego, em Nova Iorque! E eu ficava só pensando tudo isso sozinha, levando o meu irmão pro México numa caixinha de madeira certificada, avaliada e meticulosamente aprovada pelas autoridades migratórias, tanto da Espanha quanto de Niuiórk.

Se eu não podia confiar em Diego, em quem eu poderia confiar? Não via futuro, nem resposta pra minha própria vida, nem ao porquê de ser verdade que as plantas se mexiam e nós, ensimesmados, não percebíamos e as deixávamos morrer pensando que serviam apenas pra enfeitar a ideia em si de que elas nos ajudavam a respirar. Eu já não acreditava na promessa do euro, nem do dólar, nem do peso. Se eu não podia confiar em Diego, em quem eu poderia confiar?

A minha avó sempre nos ensinou a respeitar as plantas. Crescemos numa casa com plantas, sobretudo trepadeiras ou jiboias que cercavam a casa inteira. Parece uma selva, dizia Diego, e pulava de sofá em sofá gritando como Tarzã. Mas, minha Nossa Senhora, se ele pulasse mal e caísse num dos vasos da minha avó, aí não tinha sorriso banguela nem irmã mais velha que pudesse conter a fúria dela. Nas plantas não, nas plantas não! E a minha avó conversava e cantava pra elas, igual a quando fazia tamales e conversava com a massa para que ela não rasgasse e os tamales ficassem fofinhos. No fim das contas é milho, é planta, ela escuta, sabe a que veio, ela dizia, e Diego e eu segurávamos o riso, mas acreditávamos. É verdade que as plantas se mexem?, me perguntava o meu irmão, olhando fixo pra elas, e eu dizia: Sim, elas se mexem, sim, e quando ele menos esperava eu mexia num vaso ou outro e dizia: Cuidado, Diego, que a planta se mexeu e vai te comer!

    Naquela noite que a minha avó pediu pra jogar fora todos os sacos de lixo com tudo o que havia no nosso antigo quarto, saí pra calçada pra largar os maiores, eu acreditava que o senhor que trabalhava como guarda noturno veria aquilo e levaria pra alguém que pudesse fazer uso dessas coisas. Mas não vi o senhor, apenas muitos carros passando rápido pela nossa rua, na direção da entrada do condomínio. Tinha alguma coisa estranha no ar, como se um sussurro vindo de algum lugar ecoasse no nosso edifício. Não vi nada além disso, muitos carros e caminhonetes e um clima estranho, quase ninguém na rua.

Depois, fui tomar um banho, então não escutei que o telefone tocou e que meu avô conversou por alguns minutos. Também não ouvi minha avó gritar: Meu Deus! Saí calmamente pra ver o que íamos jantar, e da cozinha gritei para o meu avô que tinha acabado o molho que eu gostava e perguntei se podia ir à loja comprar mais. Não escutei nada. Fui procurá-los no quarto, que estava fechado. Vô, vó? E mais uma vez o telefone tocou. Os dois saíram quase correndo, brigando pra ver quem ia atender. A que horas você falou com ele pela última vez? Onde está agora? Não venha, não venha! A minha avó levou as mãos ao peito e o meu avô desligou com o olhar fixo na janela. O que foi, vô? Não me olhou. Fala com a Carmela, tenta de novo, ele ordenou à minha avó.

Carmela era a minha tia mais nova. Também morava no condomínio, mas mais pra baixo, perto das quadras de futebol e basquete onde me encontrei com Ricardo pela primeira vez. O esposo dela era segundo-sargento; tinha sido muito difícil pro meu tio e o meu avô falar com pessoas pra conseguir uma casa pra eles lá, porque não davam apartamentos para segundos-sargentos, mas alugaram esse como um favor pro meu avô e o meu tio. A minha avó ligou pra minha tia. Ela não atendeu o telefone, então o meu avô colocou seu suéter e disse que ia buscá-la. A minha avó disse que sim e começou a ligar outra vez para ver se tinha mais sorte. Não teve. O meu avô saiu. Pela janela eu vi ele indo embora. Senti muito medo. Cruzei os dedos pra pedir sorte ou algo do tipo. Sustente-nos em teus braços eternos, disse a minha avó, deus pai todo-poderoso, guarda-nos em tua glória. E foi para o quarto de Diego com uma vela e a colocou sobre a mesa das cinzas e da fotografia do meu irmão. A luz da vela iluminava o seu rosto de quando tinha dez anos, e pensei que, viesse o que viesse, Diego não ia nos ajudar.

O que foi, vó? Mas a minha avó, nada. Fica tranquila, já vamos ver o que é. Mas o que houve? O que houve com a minha tia. Não sabemos onde ela está! E os filhos dela? Também não! E, nesse modo de ser mecânico dela, começou a regar as plantas e a se virar para a janela cada vez que ela se iluminava com a luz dos carros que ainda circulavam.

Mas quem era, vó? Você tem que me dizer. Mas não me disse nada. Não incomode, aprenda a ouvir e a ficar em silêncio, ela disse, e ficamos sentadas e caladas, sem olhar uma pra outra até que o meu avô entrou, com um olhar que eu nunca tinha visto nele antes, e nos disse: Não saiam de casa, está acontecendo alguma coisa, não sei o que é, mas não saiam de casa, eu já volto. Mas eu reagi e me levantei do sofá: Não, você não vai sair sozinho! Eu vou com você. A minha avó gritou sei lá o quê, mas eu já estava colocando a minha jaqueta e saindo com o meu avô. Peguei na sua mão e fui junto. A última coisa que ouvi da minha avó foi uma pergunta sobre a minha tia, mas da minha tia ainda não sabíamos nada.

O meu avô, que era magro e ossudo, mas alto e de passo firme, tinha a cabeça e as costas encurvadas enquanto caminhávamos. Onde vamos, vô? Mas ele apenas seguia caminhando, me segurando com força. A rua estava vazia, como se todo mundo estivesse escondido, mas ao longe, justo na entrada do condomínio, se ouvia barulhos. Achei que íamos pra lá, mas então meu avô deu meia-volta e fomos na direção da casa dos pais de Ricardo. Não chegamos até o apartamento dele, que era o 302. Ficamos na entrada, onde havia um pano branco com letras vermelhas que diziam: *Você vai sair e a tua cabeça vai ser pendurada*.

Acho que gritei em silêncio, se é que isso é possível, como se, ao me ouvir gritar, eu mesma tivesse tapado a minha boca antes que se pudesse ouvir de fato. O poste da rua era a única luz acesa, todas as janelas do edifício estavam escuras, pensei ver alguém do último andar se esgueirar pra nos olhar, mas só porque vi um movimento da cortina, nada mais. Suponho que o meu avô encontrou a sua resposta e simplesmente saiu, agora sim, em direção à avenida principal. Estávamos indo para a entrada. Pra que viemos aqui?, perguntei. Se o pai do teu colega Ricardo está brigando pelo posto, era óbvio que eles viriam para cá. Mas não pensei que as coisas estivessem tão sérias. Engoli em seco. Continuamos caminhando, como se levitássemos, esperando alguma coisa aparecer. Apareceu: na entrada do condomínio havia um tumulto de gente olhando para a avenida; mais precisamente, para a passarela da avenida. Ninguém saía, todos estavam amontoados uns contra os outros, como se estivessem se protegendo e delimitando um território, aí eu vi Eleonora, minha ex-colega de aula, junto com sua mãe, ambas hipnotizadas olhando pro céu. O meu avô e eu saímos e nos aproximamos o máximo que pudemos. Olhei pra cima. Ali, na passarela de pedestres, havia mais de dez corpos sem cabeça, pendurados. Duas viaturas desviando a circulação dos carros e pouca coisa além de medo. Liga pra tua tia, tenta de novo. Digitei o número com os dedos trêmulos. Me diz se ela atende, ele exigiu. Não atendeu.

Da minha tia Carmela e seus dois filhos não tivemos mais notícias. Naquela madrugada ficamos os três esperando que o seu esposo, que tinha alertado o meu tio, o filho mais velho dos meus avós, de que algo estava acontecendo, nos ligasse. Não fez isso, mais uma vez foi o meu tio que nos ligou. Parecia que era tudo um acerto de contas e tinham levado muita gente, os curiosos, os que por acaso estavam ali, sem dever nem temer, e as famílias dos militares envolvidos. Isso também não saiu nas notícias, só se falou de dez corpos decapitados e presumiu-se que fossem do crime organizado. Todos aqueles corpos eram de militares, mas isso não foi dito, não se falou muito mais sobre aquilo.

A minha avó me pediu que eu fosse embora de uma vez: Vai pra Madri, agora, você não pode ficar aqui. O meu avô fez coro: Vai, você tem que ir. O meu tio alertou que estávamos todos em perigo, que os meus avós iriam embora também. Partimos naquela mesma manhã pra casa dele, no estado do México. Ele pediu que levássemos apenas o essencial. Eu peguei a minha mala e as cinzas de Diego. Os meus avós também não levaram muito, desligaram a luz central, o aquecedor de água, tiraram a comida da geladeira e jogaram no lixo e, com três sacos de plástico pretos, grandes, saímos da casa que viu o meu irmão e eu nascermos. Nunca mais voltei. Fui embora daquela casa sem entender nada. Eles, os meus avós, também não voltaram, morreram sem poder regressar à sua casa.

Diego se apaixonou por Marina. Foi instantâneo. Nunca tinha visto uma garota assim. E ela, por algum motivo, também se apaixonou por ele, talvez não tivesse visto ninguém assim também. Namoraram por alguns meses, mas a insistência dos pais de Marina para que ela não saísse mais com ele foi mais forte que qualquer esforço de Diego em agradar aquela família. Eu fui para Barcelona bem na época que eles terminaram o relacionamento.

Não sei bem o que Diego fez que desagradou à família, mas sei que ele se esforçou para tirar boas notas e fazer tudo que se exige de um colegial. Mas não simpatizaram com ele, ele foi duas vezes à sua casa, mas na segunda nem deixaram ele entrar e já disseram a Marina que não se encontrasse mais com ele. Marina obedeceu, embora no colégio se comportasse como a namorada de Diego. Então, o que aconteceu foi que Diego trouxe Marina pra casa e foi assim que eu a conheci. Eles se encontravam em casa.

Não gostei nem desgostei dela: eu curtia ver Diego feliz, mas também ficava nervosa de ver como ele se estressava por ser uma pessoa que não queria ser. Também não gostei que, assim que Marina descobriu que eu era babá e limpava casas e que não pretendia fazer outra coisa no futuro, ela me olhou diferente, suponho que para Diego também; então a pressão de que ele, sim, teria que ser um universitário vinha de todos os lados. Mas nem universidade, nem ensino médio. Diego nos mandou todos à merda.

O que eu dizia para Diego era que, enfim, ainda que Marina tivesse uma casa melhor, um piso melhor, também não era o caso de que fosse rica e que não estivesse ao alcance dele, se ela mora aqui perto também não é nenhuma herdeira, vamos combinar. Mas Diego me dizia que eu não entendia e que ele não ia explicar. Então eu levei pro lado pessoal e fiquei contra a família de Marina, e a família de Marina nos ignorando.

Depois Marina e Diego brigaram, e a partir daí meu irmão ficou puto com a vida. Virou a chave. Voltaram a namorar uns dias depois, mas já não era a mesma coisa, gritavam, os dois, mas Diego gritava mais alto. Eu interrompi ele umas quatro vezes: Segura a onda aí, cara, isso não é jeito de falar com ninguém. Na primeira vez ele se desculpou, mas nas seguintes também me mandou pra longe. Putaquemepariu, intrometida de merda! Então nós brigávamos e o miserável brigava duas vezes: uma com a namorada e outra comigo. Dias de merda pra ele. Eu não me importava de brigar: Diego, seja o que quiser, menos namorado agressor. Isso não.

O meu avô nunca nos bateu, a minha avó chegou a nos dar dois ou três tapas quando éramos crianças, e uma vez me deu uma bofetada e outra vez me bateu mesmo com muita força, mas o meu tio, o mais velho, esse sim batia constantemente na esposa. Ele explodia com muita facilidade e gritava com ela e os filhos de um jeito muito cuzão, muito, mas muito. Uma vez aconteceu que ele perdeu a cabeça e bateu na esposa até que a encurralou e a deixou sangrando contra a parede. A esposa levou os filhos pra casa dos seus pais. O meu tio foi buscá-la, ela não queria mais voltar, mas tanto os pais dela quanto os meus avós defenderam o meu tio. Ele continuou batendo nela, mas a minha tia não denunciou nem falou mais nada, quem faria isso se ninguém apoiou quando ela precisou?

Também aconteceu isso com a minha tia Carmela: muito bonita, cheia de dotes, mas o esposo bateu nela várias vezes. Uma vez foi porque ele leu uma mensagem dela no celular de um amigo seu. Nada importante, mas o meu tio fechou a cara e tiveram uma briga muito feia. A minha tia estava com o segundo bebê nos braços e mesmo assim o cara chutou ela e jogou no chão, até que o bebê chorou muito. Em outra dessas vezes, a minha tia gritou pedindo ajuda, conseguiu bater na porta dos vizinhos e os vizinhos não abriram, mas estavam ali, escutando. Então ela saiu de pés descalços com o bebê e sua filha de três anos e nada de dinheiro. Estava muito assustada, mas os meus avós não disseram nada, apenas deixaram que entrasse, sequer perguntaram se ela estava fisicamente bem. A minha tia estava destroçada, dava pra ver não só no seu estado de espírito, mas no seu rosto machucado. Depois, no dia seguinte, eles lhe deram uma bronca, eu me lembro bem, porque estava lá. A minha tia estava chorando no banheiro enquanto tomava banho e a minha avó entrou para repreendê-la. Que não podia fazer esse dramalhão. A minha tia não queria nem se vestir, e ali, nua, os dois a repreenderam, que ela tinha que colocar a cabeça no lugar ou algo assim. Eu estava com seus filhos e com Diego, mas senti muita tristeza. A minha tia teve que voltar pra casa dela, e eu lembro que fiquei muito mal porque assisti ela partir toda resignada com o olho roxo. Eu contei pra minha mãe. A minha mãe ficou brava com os meus avós, foi quando ela saiu de casa pela primeira vez.

Por isso eu dizia a Diego que não, que tapas e gritos não, que se fosse assim ele tinha mais que tomar no cu, e ele me disse: No cu então, porra de intrometida de merda. Não me admira que te chamem de Cuz, eu disse. Paspalho, não sabe nem limpar a bunda e já acha que pode ser um miserável. Cuzão de merda, nessa casa não se pode bater.

Então, mais ou menos nessa época, aconteceu a coisa do taco de madeira. Perto da casa da minha mãe, Diego vinha caminhando com Marina e atrás deles uns moleques gritando não sei o quê e carregando um taco de madeira. Marina e Diego só queriam chegar em casa. Bem na frente da entrada do prédio havia uns bancos onde os vizinhos se reuniam pra conversar e fumar à tarde, depois que chegavam do trabalho; os mesmos de sempre: a vizinha de baixo do nosso apartamento, a do sétimo andar e dois vizinhos aposentados que eu sabia que moravam lá, mas não sabia bem onde. Todos eles viram que estavam incomodando Diego e que Marina estava com medo, mas não deram bola. Diego, tentando entrar no prédio, foi interceptado por outro vizinho que também ia entrar e que perguntou pra onde iam. Diego respondeu que ele morava ali. Os vizinhos conheciam ele e não disseram nada. O senhor não deixou que entrassem. Então estavam o senhor e os moleques do taco cercando Diego e Marina. De onde você é?, perguntaram ao meu irmão. Já disse que eu moro aqui, disse Diego. De onde você é, estou perguntando, insistiu o homem. Marina disse a eles que moravam ali e que deixassem ele entrar. Mas o senhor fechou bem a porta da entrada e disse que não, só quando Diego mostrasse a identidade e comprovasse que morava ali. Diego ficou puto, começou a gritar que ele morava ali, e todos eles, os moleques do taco de madeira, os vizinhos e os que iam se aglomerando pra ver o que acontecia, começaram a dizer pra ele se acalmar, pra não ficar agressivo. Marina ligou pros pais e seus pais disseram que chamasse a polícia. Foi o que Marina fez. Ninguém me chamou. A essa altura, Diego continuava gritando e as pessoas se reuniam pra ver como aquilo ia acabar, mas ninguém estava do lado de Diego, pelo menos não verbalmente. Pelo contrário, Diego, nesse momento, já era o violento. Então chegou a polícia e, junto com os pais de Marina, os moleques do taco e os vizinhos, os policiais insistiram pro Diego não ficar agressivo. Diego, putíssimo, disse que tudo bem e disse que queria ir pra a casa dele. A polícia escoltou ele até a nossa porta e esperou que

Diego pegasse sua carteira de residência e mostrasse. Avisaram que ele não podia fazer escândalo e que qualquer ato violento poderia fazer com que ele terminasse em Moratalaz, no Centro de Menores. Diego disse que sim, que entendia. Os outros foram embora e tudo voltou ao normal, como se nada tivesse acontecido. Ninguém questionou ninguém, nem mesmo os moleques do taco, que saíram muito tranquilos diante dos olhares de todos. Nesse dia Diego terminou com Marina e começou a faltar aulas e a brigar comigo e com a minha mãe até aquela primeira vez que fugiu de casa. Naquele dia que não encontrava ele, Marina me contou. Fui bloqueada em todas as redes dele naquele dia do taco, Diego está muito bravo com todo mundo, me disse. E por que você não me contou antes? Não sei, me disse, desculpe, não sei por que não contei.

Quando Diego cantava *Eu não quero viver assim, mas não quero morrer*, eu não entendia o que ele queria dizer, até que houve aquilo com a minha tia Carmela. Você tinha toda a porra da razão, Diego, que coisas você compreendia desde sempre. Porque a pessoa se faz de sonsa, acha que entende e continua, mas ele, ele não quis continuar. Por que continuar? Pra viver numa cidade que fazia ele se sentir indesejado e fazia de tudo pra ficar contra ele? Pra voltar pra casa dos meus avós e se tornar um militar? E depois o quê? Sangue, sangue, sangue, sangue e sangue.

Pra mim, irmos embora do México significava fugir da violência que acabou destroçando a minha família, mas na Espanha outro tipo de violência nos esperava, uma menos vistosa, mas igualmente cruel, onde te exigem lealdade enquanto te violentam minuciosamente porque você não é como eles.

Eu nunca tinha visto a casa do meu tio, porque a minha mãe não gostava dele. Não se davam bem, e a minha mãe me dizia para evitar ao máximo as visitas. Evitei durante anos, embora fosse verdade que não tive muitas oportunidades, porque era mais comum que os meus avós o recebessem em casa do que fossem visitá-lo. Ir pra casa dele levava umas duas horas e meia de trânsito e, além disso, o transporte público era perigoso e tudo mais.

Por isso, quando chegamos na casa dele me impressionei. Era como um mundo diferente. Ele morava longe da zona urbana, mas tinha uma casa muito grande. Os meus avós ficariam confortáveis lá, mas eu não. Me senti deslocada de tudo. Não havia nada que me fizesse sentir vontade de ficar; pra mim, naquele momento, o único vínculo familiar com o qual eu poderia me sentir menos mal era a minha mãe. Com Diego e seu retorno ao México, eu tinha perdido Ruth, Joana, a minha tia, os meus primos, Ricardo e até mesmo os meus avós. Porque ninguém acredita, mas há pessoas que você perde mesmo que continuem respirando e se movendo na sua frente.

Para dizer a verdade, não é que eu não gostasse do meu tio, eu gostava muito dele quando era criança, mas, conforme fomos crescendo, deixamos de conviver. Por escolha própria, o meu tio quase nunca estava em casa, desde muito jovem se especializou em não sei que coisa e passava muito tempo fora. Lembro que, quando eu era criança, via ele fazer as malas para ir aos cursos de sobrevivência: semanas sabe-se lá onde, treinando como sobreviver e ganhar medalhinhas. Nunca esqueci da primeira vez que vi ele fazer seus pacotinhos de comida. Isso é pra semana toda, não vai ter mais nada, ele dizia, e a única coisa que eu via eram barras de proteína e um pedacinho de chocolate. Muito sacrifício, eu pensava. Mas ele acomodava sua navalha e o uniforme e suas coisas enquanto a minha avó fazia mole de panela, que era o prato preferido dele, e comia até se empanturrar, porque sabia que depois ia sofrer. Teve um tempo que o meu tio foi da guarda presidencial. O meu avô estava muito orgulhoso, mas a minha avó não. Não fale sobre o que o teu tio está fazendo, não diga onde ele trabalha. Nunca se sabe.

A minha avó não queria que seus filhos fossem militares, mas parecia o mais lógico. Meu avô militar, seus filhos militares. Herdam o ofício, dizia a mãe da minha amiga Ruth. Herdam, mas também escolhem, porque é dinheiro rápido, o que custa fazer uma universidade e arrumar um emprego, eles, sendo da tropa, já têm só com o ensino médio, dizia a minha mãe. E foi por isso que o meu tio entrou pro exército, porque queria ser independente, sair de casa, então uma vez ele brigou com o meu avô, foi pra estação de Cuatro Caminos onde havia alguns soldados recrutando e em um instante já estava dentro. O meu avô ficou muito bravo, porque queria que eles fossem cadetes, não sapos. Você vai ser um sapo! E o meu tio: Como você! E o meu avô: Por isso mesmo, por isso mesmo! Mas a mais abismada era a minha avó, ela não queria nem sapos, nem cadetes, queria outra coisa. E essa outra coisa ela queria pro Diego e pra mim. Vocês estudem muito, achem outra coisa. Mas isso ela dizia mais por Diego do que por mim. Tinha pavor que Diego quisesse ser militar: Ele não, ele que seja outra coisa.

Teve uma vez que mandaram o meu tio, ainda solteiro, para o sul. Ele partiu com o cabelo curto com topete e a roupa muito limpa. A camiseta reluzindo de branca, recém-comprada. Naquela época ele ainda podia sair de uniforme sem que nada acontecesse se andasse assim pela rua. Lembro que me deu trinta pesos e levou Diego e eu pra comprar elotes. Depois, nos deixou na porta de casa e foi embora a pé. Não sei se ele estava feliz, mas pelo menos tinha expectativas. Depois de cerca de três meses, ele voltou enquanto Diego e eu estávamos assistindo televisão. Está chegando o tio!, gritou o meu irmão quando escutou o assobio que ele dava, e a minha avó largou a colher que tinha na mão e correu com o meu irmão para recebê-lo. Imaginei uma cena como a dos soldados gringos que voltam de uma guerra, todos chorando e muito felizes, mas não foi assim: mal ele entrou, a minha avó ficou olhando pra ele enquanto ele tocava nas unhas dos dedos e Diego perguntava: O que você me trouxe, o que você me trouxe? Mas o meu tio não trouxe nada naquele dia, não trouxe nem ele mesmo: era outro. Não sei exatamente como, mas estava diferente, cansado e diferente. O olhar apagado, perdido, atordoado. Isso, atordoado, empoeirado. As roupas ainda limpas, mas já desgastadas. Todo ele desgastado: as roupas, o olhar, o corpo magro.

Minha avó me mandou ir comprar tortilhas e uma lata de pimenta jalapeño: E pede umas cenouras em conserva, que ele gosta muito. Lembro até que mandou chamar a minha tia Carmela pra ela e sua família virem comer com a gente. A minha tia comprou frango assado e pescoço de frango com molho Valentina, que o meu tio também gostava. A minha avó começou a fazer feijão frito e pera espinhosa assada com queijo fresco. E o meu tio comeu e sentou conosco, esperou que todos terminassem e até começou a conversar com seu cunhado. Mas ele já não era o mesmo, já não fazia piadas nem brincadeiras, apenas balançava a cabeça e sorria quase por educação. Eu confirmei com a minha avó. Você tem razão, ela disse, ele parece cansado, triste. Talvez ele tenha sido estuprado e está triste como a minha mãe, eu disse. Essa foi a vez que a minha avó me esbofeteou: arregalou muito os olhos e me deu duas bofetadas, uma em cada bochecha. Depois ela começou a lavar a louça e não falou mais comigo.

Jamais vou esquecer da última vez que vi os meus avós, porque preferia não ter visto eles assim, não ficar com essa imagem que tenho tatuada na mente. Naquele dia eu me irritei com Diego. Maldito Diego, cuzão, descarado! Você me mandou ao México pra ver isso, viver isso, viver tudo isso de que você fugia. Maldito Diego, cuzão, eles te chamavam de Cuz e você bem que merecia. Teria sido tão fácil continuar em Barcelona me fazendo de sofredora, que não fazia nada além de sofrer, mas não, cuzão, você me obriga a buscá-lo, me faz levá-lo e trazê-lo pra lá e pra cá, me faz ver os meus avós sem os filhos, vendo como lhes são roubados, e você, você, você, só você é quem tem um altar onde quer que vá.

O voo saía de noite pra eu chegar em Madri à uma da tarde. Jimena ia me buscar. Eu tinha que chegar três horas antes no aeroporto e sair da casa do meu tio com pelo menos três horas para o trajeto. Seis horas pra chegar num lugar. Tudo era eterno, longo e tedioso.

Ainda que meus avós tenham me dado um abraço e um beijo, nem deu pra sentir. Tudo foi mecânico. Até o cheiro deles havia mudado. Pareciam papelão molhado, biscoitos velhos, merengue duro. Levaram a minha mala pro carro do meu tio e se despediram com um aceno de mão. Os dois juntos, mas muito separados. Estavam rachados. Foi assim que vi eles pela última vez, como palitos de madeira colados com cola barata e prestes a desmoronar. Maldito Diego, pensei, tudo isso eu vivi sozinha, sem você. Desde esse dia que voltei a Madri, os meus avós e eu conversamos poucas vezes por telefone; eles estavam ocupados com outras coisas, obviamente. Morreram pouco tempo depois. Sem saber o paradeiro da minha tia Carmela e dos seus netos. O meu avô morreu no hospital, de velho, nos disse o meu tio. Depois, a minha avó, sentada diante das cinzas de Diego e da foto dos seus filhos. O meu tio disse que ela parecia estar em paz.

Quando meu irmão e eu nos mudamos para Madri, embora estivéssemos tristes, estávamos contentes. Tristes mas contentes. Vamos voar!, Diego me disse entusiasmado. Me sentei do lado dele acreditando que aquilo que eu estava sentindo era o gosto da aventura. Penso no meu tio indo pro sul do México, se acomodando no seu assento no transporte militar, pensando que sua vida ia dar uma guinada definitiva e sorrindo inocentemente diante desse fato. Anos depois, estaríamos ele e eu nos acomodando no seu carro pra ele me levar ao aeroporto com destino a Madri. Nada de aventura. Muita morte. Quem dera nunca tivéssemos dado essa guinada.

O meu tio percebeu que eu comia Diego de vez em quando. Me disse que viu várias vezes, mas que não conseguia acreditar, e por isso não tinha sido capaz de me dizer nada na hora. Por que você faz isso?, ele me perguntou. Fiquei em silêncio. Vai te fazer mal, você vai ficar doente. Tomara, eu respondi sem pensar muito. Tomara o quê? Tomara que te faça mal e você morra?, ele me recriminou. Você acha que merece de tudo porque a tua mãe abandonou vocês. Coitadinha, me disse num tom debochado mas raivoso. Nesta família, me disse, apontando pra mim com o dedo indicador, a tua mãe foi a única que conseguiu se livrar de toda essa merda que a gente vive. Para de sentir pena de ti mesma e faz jus à decisão dela. Estalei os lábios, de novo sem pensar. Ele só me olhou torto e ligou o rádio. Me deixou na frente do Terminal Dois do aeroporto pra não pagar o estacionamento. Nos abraçamos, mas não nos abraçamos. Com o passar do tempo, também não falei muito com ele. Foi como se, a partir daquele momento, toda a minha família ficasse em silêncio, honrando seus mortos. Estáticos, imóveis, destinados ao esquecimento e à ignomínia dos outros.

QUARTA PARTE

Li num site da internet que as cinzas dos mortos não são tóxicas e geralmente não são mais que celulose, taninos, sais de cálcio e de potássio, carbonatos e fosfatos. Nunca fiquei doente por comer as cinzas de Diego. Na tarde que fui ver o altar dele na casa do meu tio, antes de sairmos para o aeroporto, coloquei mais um punhado dele em uma sacola plástica e guardei entre as minhas roupas na mala de retorno. Não sei por que eu comia o meu irmão, mas isso me acalmava. Ter as suas cinzas, tão fininhas, quase imperceptíveis na minha língua, me dava paz. Não sei dar explicações sobre isso, não vou dar nenhuma. Eu comia as cinzas dele? Sim. Por quê? Não sei. Importa? Não. Me arrependo? Não. Por quê? Pois assim são as coisas, fazemos e pronto. Eu continuaria fazendo, mas acabaram as minhas cinzas. Não me dei conta, simplesmente um dia já não restava mais que uma sacola suja. Assim Diego desapareceu pra sempre de Madri, vapt-vupt, primeiro no chão, depois numa sacola. Assim todos desaparecemos.

Você quer ver o lugar exato onde Diego caiu? Não, mãe, não quero. Não sobrou nada dele. Imagino. Mas limparam. Limparam tudo, como se para apagar ele muito rápido. Você viu?, perguntei. Me contaram. Quem contou? As pessoas? Você viu ele? Eu vi o meu filho vivo às sete da manhã quando saí de casa. Mas você viu ele daquele jeito?, insisti. Você tinha falado com ele naqueles dias?, ela perguntou pra mudar de assunto. Eu disse que não.

Sim, eu vi o lugar exato onde Diego caiu. Passei muito tempo com a janela aberta olhando pra baixo pra tentar imaginar. Até joguei algumas coisas: um guardanapo, uma moeda, um bonequinho da estante. Todos caíram de um jeito diferente. Quase em silêncio, até a moeda. Não senti tristeza. Na verdade, não senti nada. Eu só continuei olhando pra baixo e deu. Foi Jimena que mandou eu me afastar da janela. Obedeci. Mas quando deu meia-noite e a rua já estava vazia, desci do prédio e fui direto pra onde disseram à minha mãe que o corpo de Diego havia sido carimbado. Primeiro fiquei com medo, mas depois me agachei e toquei no chão. Não estava ali. Mesmo quando certamente restavam partículas minúsculas do corpo dele impregnadas na calçada, ele não estava ali. Não havia nada. Pra onde se foi? Nesse momento pensei que para o México, mas agora não sei mesmo. Primeiro imaginei Diego se quebrando como um instrumento musical, estilhaçando tudo, quebrando-se em pedacinhos de madeira e fazendo um som profundo capaz de reverberar por todo o bairro, seus pedacinhos voando caoticamente por todos os lados. Mas na verdade acho que de fato não quero que ele caia e fique carimbado. Prefiro ele suspenso, sem subir, sem estar abaixo, suspenso, eterno num instante, em todos os lugares e em lugar nenhum. Como a música, que existe quando é tocada ou enunciada.

Quando Diego era pequeno, dizia que os postes de luz da rua eram como tangerinas acesas. Naquela noite havia tangerinas em vigília no alto dos postes, mas não eram um sinal nem nada do tipo. Não houve um momento mágico que Diego se despediu de mim ou me fez acreditar que ele ainda estava no mundo. Só estou descrevendo os fatos porque não tenho como descrever outra coisa. Não quero descrever nada. Aconteceu o que aconteceu.

Nem tudo foi: Diego, ruim, ruim, ai que ruim que ele virou o pior de todos os adolescentes ruins. Não foi assim. Jimena me contou que Diego estava lá no dia que uma família foi despejada do segundo andar. Diz que os dois viram chegar os carros da polícia e que então olharam pela janela. Que ouviram como pediram pelo interfone que abrissem para eles e como a família não quis abrir e por isso começaram a chamar nas outras casas. Que Diego pegou o fone e disse pra eles irem embora. Mas no fim a própria família abriu. Diego e Jimena desceram com outro vizinho para ver o que acontecia. Não houve resistência: em menos de duas horas, os móveis da família estavam na rua. Jimena ofereceu água, não teve nenhuma outra ideia, e Diego se ofereceu para cuidar das duas crianças pequenas enquanto os pais faziam ligações e procuravam um lugar pra ir. Diego ficou um bom tempo ali, cuidando das crianças, brincando com elas. Até deu de presente uns bonecos que ele tinha no quarto, e quando finalmente foram recolher as coisas da família, Diego, da janela, ficou observando até que fossem embora. Jimena diz que o meu irmão só não começou a chorar porque se segurou muito, mas que dava pra ver que estava abatido. Ah, menino, não se deixe abalar tanto, que o mundo é assim. Assim como?, ele perguntou. Assim fodido? Pois assim mesmo, como você diz.

 Lembro que quando Diego era pequeno, ele chorou quando a minha tia Carmela e o meu tio saíram de casa. O que ele não chorou pela minha mãe, nem pelo seu pai, chorou pelos meus dois tios. Por que eles vão embora?, me perguntava com seus olhinhos negros e as mãozinhas cobrindo o rosto. Ai, Diego, não chora, eles estão bem, eles vão embora porque têm a vida deles. Não, não, eu não quero que eles vão embora. E eu o abraçava e explicava que não era uma coisa ruim ir embora. Mas eu não quero que eles vão, que deixem o quarto sozinho e as paredes sozinhas. As paredes? Sim, as paredes. E imagino Diego pensando no apartamento do segundo andar, vazio, com as paredes tristes, com a família indo embora numa espécie de traição ao prédio e à comunidade, e Diego criança, dentro do Diego adolescente, dizendo: Por que eles vão embora, por que deixam as paredes sozinhas? E eu em Barcelona, sem abraçá-lo e sem poder dizer que tudo ficaria bem, mesmo que não estivesse.

Na sala de aula do meu irmão havia vinte e oito alunos. Dezessete eram filhos de pessoas imigrantes, quatro tinham nascido em Madri e os demais eram espanhóis, mas de outras comunidades. Quase ninguém torcia pelo Real Madrid, só o Bolívia, que era filho de uma boliviana com um espanhol. Desde criança chamavam ele de Bolívia, embora ele tenha sotaque madrilenho e a sua mochila tivesse o escudo do Real Madrid. Os outros torciam pelo Barcelona, inclusive o Diego, e então implicavam com o Bolívia por causa de futebol. O Bolívia, que sempre foi o menor, desde o ensino fundamental, de repente deu um estirão no ensino médio e, de sofrer bullying, passou a fazer bullying. Diego e Moisés foram seus principais alvos, porque tinham a pele mais escura. Malditos macacos, vocês não deveriam estar no zoológico? E depois os ruídos de macaco pra zombar deles. Na mesa de Moisés, um colombiano, várias vezes deixaram bananas. E quando Moisés as pegava pra jogar fora ou algo assim, o Bolívia começava a se comportar como um macaco e todo mundo ria. A princípio, Diego não dizia nada, mas depois se meteu na história e disse ao Bolívia pra deixar de ser paspalho. A partir daí passaram a se odiar e se tornaram uma espécie de rivais. Acontece que Diego, embora não se desse mal com ninguém, também não tinha muitos amigos, na verdade, se sentia mais à vontade com as colegas, como com Marina, do que com os homens. Bicha!, gritava o Bolívia, e Diego respondia: Filhodaputa, cuzão.

Uma vez, quando o Bolívia deixou a tradicional banana na mesa de Moisés, Diego foi comê-la e imitou um macaco enquanto a punha na boca. Todos riram de Diego, mas o Bolívia tomou como a afronta que era e, uns dias depois, com outros dois colegas, roubou o livro de espanhol do meu irmão. Brigaram. Eles penalizaram Diego por ter comido a banana, mas nunca averiguaram se os garotos tinham pego o livro de espanhol. Até que um dia o Bolívia sacou, não sabemos se por engano ou para provocar, o livro que ele tinha roubado. Quando se deu conta, Diego disse a ele em voz alta e na frente da professora que aquele livro era dele, e que o devolvesse. Trocaram umas palavras feias e a professora mandou os dois para a monitora. Devolveram o livro ao Diego, disseram ao Bolívia que pedisse desculpas e deixaram eles irem como se nada tivesse acontecido. Mas Diego foi para cima do Bolívia e deixou ele com um olho roxo. Avisaram a minha mãe que na próxima vez o meu irmão seria expulso da escola e que notificariam a polícia que meu irmão era agressivo, e ameaçaram que poderiam pedir que investigassem como vivíamos em casa, porque era óbvio que tinha alguma coisa errada. A minha mãe disse que sim, que tudo bem pra tudo. Brigou com Diego, se queixou dele até o nascimento, e Diego de novo fugiu de casa. Dessa vez ele não voltou por três dias e, quando voltou, pediu perdão à minha mãe. Jimena conta que dessa vez choraram muito, que se disseram coisas, mas que terminaram bem, abraçados e tranquilos. A minha mãe diz que naquele momento ela não entendeu o que Diego lhe disse, mas que quando descobriu que seu filho havia se jogado pela janela, ela entendeu tudo. Ele não pediu perdão por ter fugido de casa nem por ter problemas na escola. Diego estava pedindo perdão porque nesse momento já tinha certeza que ia se suicidar.

Você acha que se eu disser à minha mãe que quero ser piloto ela me manda de volta pro México? Você quer voltar pro México? Não, mas não sei o que quero fazer, aqui não tenho como ser piloto. Como você sabe, já investigou? Sim, não tenho nota suficiente. E no México você seria um piloto militar? Não viaja, claro que não! Você seria militar, Diego? Talvez aqui, na Espanha, talvez assim me dessem a nacionalidade e tiro esse peso da minha mãe. Mas militar? Eles devem ser bem filhos da puta com os que não são espanhóis, tipo pra provar alguma coisa, não sei, talvez. Dizem que um nome é um destino, disse rindo. E daí? E daí que Diego é bíblico, talvez meu destino seja ensinar pelo exemplo. E nós dois caímos na gargalhada. Não seja um militar, eu disse. Claro que não, ele respondeu, que chatice me enrolar numa bandeira enquanto estou voando.

Não quero que você vá embora com o teu irmão nas mãos, pensando que tudo era tristeza e dor, Jimena me disse antes que eu fosse pro México. Houve coisas boas, não éramos a típica família feliz, mas houve coisas boas. Eu amava o teu irmão e acho que ele me amava. E a tua mãe ama vocês dois. Sorri para corresponder às suas intenções. Eu disse que a minha mãe era um fardo e você não negou, eu respondi. E o que você queria que eu dissesse? Você vai ter que escolher entre querer uma mãe como a que você acha que merece, mas não vai ter, ou abraçar aquela que você tem. Que coisas boas aconteceram? Me conta uma, eu disse. Uma? Menina, tenho muitas! Mas vou te contar uma. E me convidou pra comer na Fernández Almagro. Vamos comer antes que você viaje. E fomos. A minha mãe estava no médico, porque a senhora que ela cuidava se sentiu mal e não tinha ninguém para acompanhá-la. Quando a minha mãe soube pra onde íamos, pediu a Jimena que levasse pra ela o que o seu filho pedia: Pede pra mim exatamente o que Diego comia!, cheguei a ouvir pelo telefone. E Jimena pediu: Meio frango assado com batatas fritas pra levar, com muito molho, aquele que era a especialidade da casa. Nós também comemos frango, à moda dominicana. Você está vendo que o lugar é pequeno? Mas nos fins de semana eles não dão conta, sempre tínhamos que fazer reserva já na quinta-feira pra conseguir um lugar. Diego gostava muito de vir aqui. Vínhamos com ele aos domingos. Meio frango pra ele, com suas batatas e sua Coca. Não falava muito, às vezes nem nos olhava, mas já era muito que sentasse pra comer com a gente e nos deixasse falar sem interromper e sem ficar na defensiva. Calma lá, leão!, dizia a tua mãe quando via que ele devorava o frango em duas mordidas. Come mais batatas! E Diego ria e comia mais devagar, mas esse frango não durava nada pra ele, e, quando ele estava numa boa, perguntava pra tua mãe se podia pedir mais e a tua mãe dava a porção dela e dizia que sim. E esse breve momento que eles se permitiam trocar pratos, como mãe e filho, foi uma coisa boa. Compartilhar a mesa com Diego, todos os domingos, foi uma coisa boa. Sim.

Para Diego e eu podermos morar com a minha mãe em Madri levou muito anos. Anos em que ela teve que se casar para ter a carteira de residência e não apenas um visto de trabalho, porque como cuidadora ela nunca ia conseguir. Por isso ela se casou e por isso não nos disse nada, e muito menos aos meus avós. Digamos que esse homem fez um favor a ela, mas, mais do que um favor, foi um empréstimo que a minha mãe ficou pagando durante muito tempo. Ainda na época que nós fizemos os trâmites pra carteira de residência, a minha mãe foi procurá-lo para ele assinar os papéis e estar presente com sua DNI no dia que a minha mãe apresentaria as solicitações. Nós não fomos, mas eu vi a assinatura e perguntei quem era. Ninguém, disse Jimena.

Para fazer os trâmites para que Diego pudesse voltar ao México, eu o conheci e conversamos um pouco. Me deu os pêsames e falou bem da minha mãe. Me aconselhou o que eu aconselhava a Diego, que tinha que valorizar o que tínhamos. Eu disse que sim, seca. Achei de mau gosto que ele quisesse me dar lições de vida, sendo aquela a primeira vez que o via, e senti que ele estava demonstrando que tinha autoridade sobre mim só porque sua DNI estava escrita na minha carteira de residência. Sim, sim, como queira; sim, sim, o que você precisar; assina e sai daqui. Mas ele não saiu, naquele dia ficou com a minha mãe e com Jimena. Me tranquei no quarto e procurei por ele na internet. Não encontrei muita coisa, um senhor discreto, sem redes sociais, ou pelo menos não com seu nome. O que fez ele concordar com se casar com a minha mãe?, perguntei a Jimena. Pois não sei, até parece que é boa pessoa. E não é?, perguntei. É?, me respondeu ela. E eu vou saber? Pelo menos não foi como os outros, que quando ouviam a tua mãe falar sobre a situação burocrática dela e sobre vocês longe, diziam que sentiam muito e prometiam que se casariam com ela: Se você realmente precisa, eu realmente me casaria com você pra ajudar, eles diziam. Mas mentira, nunca foi verdade. A tua mãe perguntou a vários se era sério, porque ela de fato precisava muito, e todos inventaram alguma coisa. Que eram fichados e não podiam casar, que tinham namorada, que qualquer coisa. E então por que você se ofereceu?, a tua mãe reclamava, mas eles, com o rabo entre as pernas, davam uma enrolada e se faziam de coitados. Os espanhóis te oferecem a casa, mas nunca te dão o endereço.

Eu não soube se Diego amava Jimena. Às vezes penso que ele amou todas nós, mas depois acho que não. O que acontece é que me parece uma traição ele ter partido e acho que o desgraçado não amou ninguém. Ele atrapalhou meus planos de alguma forma, fez eu me sentir maneta, perneta, totalmente incapaz de sentir que eu teria uma vida que valeria a pena, não por causa dele, mas porque ele me fez ver coisas que eu evitava, ele me fez entender de golpe (pim, pas, quash, Diego ricocheteando no chão) que, depois que você entende o seu lugar no mundo, aquela dor de estômago que me dava em situações de muito estresse se torna perpétua. Viver com o goro goro pra sempre, porque a angústia de viver te imobiliza. Porque do passado a gente sobrevive, mas, do futuro, como fica, o que você faz sem futuro? Vai ver foi isso que o meu irmão pensou, e talvez por isso se jogou. Que futuro? É muito fodido isso de viver pro futuro, porque você já se sente inútil no presente e miserável no passado. Onde você vai, como você vive a vida com isso nas costas e esburacando o estômago? Como você aguenta na solidão, sem ninguém pra se conectar? Como você vive em silêncio todo o barulho que vê?

    Lembro com frequência que, quando fui pedir a Manuela e Carlota que não ficassem mais bravas comigo, elas se fizeram de difíceis. Me disseram que eu era uma dessas pessoas que só queriam do bom e do melhor, que tinham certeza que, se eu tivesse chance, iria pro lado do inimigo. Que porra de inimigo, Manuela? Com que porra de inimigo vou me juntar?, eu disse quase rindo. Não existe esse inimigo!, eu soltei como se estivesse declarando o fim da guerra. Manuela ficou ainda mais brava, me perguntava se eu não enxergava, dizia que tínhamos que ficar unidas e fazer alianças, que não podíamos deixar de nos ajudar, que elas precisavam da minha lealdade. Mas que lealdade?, perguntei. De que lealdade estão falando, quando que eu falhei com vocês? Quando foi que não estava lá com vocês? Não era eu que fazia o chazinho ou ligava a cafeteira ou às vezes até dizia que limparia o apartamento de graça? Não era eu que ajudava vocês a enviar dinheiro, porque não sabiam como usar o banco online e não conheciam os aplicativos que podiam usar pra não pagarem a comissão do atendimento? Não era eu, falei pra elas, que ouvia elas chorarem e colocava filmes online pra gente descansar dos nossos malditos dias de merda? Pois quando não me tornei uma prima, me disseram, quando não me comprometi com o sindicato, quando não andei com elas o tempo todo, quando não fui elas. Você, você está brava, eu disse a Manuela, porque você acha que as coisas foram fáceis pra mim, mas esse é o teu ponto de vista, não vou aqui contar o que eu passei, ou o que eu vivi, porque não é uma competição, entende? Não é uma competição pra ver quem sofreu mais. E enquanto eu dizia isso, sentia como se estivesse dizendo as coisas que a minha mãe dizia. Era eu caricaturando a minha mãe.

    Mas era verdade, eu tinha documentos graças à minha mãe e não tinha filhos e não tinha ninguém pra sustentar e sentia que, do ponto de vista delas, eu não tinha sofrido o mesmo que elas, e o que elas exigiam de mim era que eu mergulhasse nas minhas misérias e as trouxesse à tona para usá-las como uma bandeira, para que todas nós fôssemos miseráveis e sofredoras e personificássemos justamente o que esperavam de nós. Por que você não briga assim com as universitárias que andam por aí dizendo que estão fazendo a revolução e têm seguidores nas suas redes, mas é você quem se ferra limpando os quartos de hotel? Por que você não diz a elas que menos blá-blá-blá e mais ação? Por que não são elas, as que têm tempo e dinheiro, que se juntam e fazem as coisas, já que você não pode? Por que pra elas você não diz nada, filha da puta?, eu perguntei. E Manuela ficou ainda mais brava e me disse que era verdade, que eu era mimada, imatura, que só pensava no meu próprio umbigo e que com certeza tinha ido procurar elas porque Tom-Tomás já não me queria. E o que Tom-Tomás tem a ver com isso?, respondi sem deixá-la continuar. Você pode não ir com a minha cara, Manuela, mas eu que estive lá nas manifestações na frente dos hotéis de onde vocês foram demitidas, eu que fui dançar com você, mesmo sem ter dinheiro e ficando sem comer no dia seguinte; fui eu, Manuela, quem tirou aquele corno que ficava em cima de você no bar e fui eu que te acompanhei até aqui porque o infeliz estava nos perseguindo. Isso é amizade, Manuela! O resto é merda de politicagem, e você sabe disso, porque tudo que você disse sobre as universitárias, tudo que você disse pra mim, você não diz pra elas, porque você sabe que assim que falasse elas iam te colocar no teu lugar. Por acaso não foram elas que disseram que uma coisa de cada vez, e o mais importante eram as demandas e as coisas delas e a maldita igualdade delas? Por acaso não foram elas que disseram pra vocês irem à universidade pedir dinheiro pra causa e ficaram com aquele dinheiro que dizem que é pro site, dizem que é pras fotos, dizem que é pras faixas? Você precisava dessas faixas ou elas que precisavam? Elas precisam mais de você do que você delas! Pra que você quer que eu seja prima se nem trabalho em hotéis, pra ser uma impostora como elas? Não fomos Carlota e eu que tratamos a tua ferida quando caiu soda cáustica na tua mão? Ou foram as universitárias com seus planos de saúde? Quem te levou ao hospital? As universitárias ou Carlota e eu? Quem te fez rir? Quem te fez comida e quem te ajudou a tomar banho? Você quer alianças, Manuela, e eu quero amizade, por isso estou aqui, e por isso estou pedindo perdão, porque às vezes eu sou uma paspalha, sim, eu sou, disse a ela, e a minha voz já estava falhando, porque que porra de alianças pra quê, o que a gente precisava era de comida na geladeira, e não aparecer na foto, não? E Carlota pegou na minha mão e disse que sim, que era isso que a gente precisava, e Manuela não disse nada durante muito tempo, e ficamos ali sentadas na mesa da sala, até que ela respirou fundo, me encarou e me disse: Vamos fazer arepas pro jantar! E jantamos bem, e naquele dia eu fiquei pra dormir com elas e combinamos de ir dançar em breve. E foi assim que não participei mais das reuniões das primas, me afastei do movimento.

Depois Carlota parou de ir também. O que acontece é que logo ficam as espanholas de porta-voz, e elas estão certas em exigir uma Convenção e os direitos humanos e tudo mais, mas elas não querem falar da questão da lei de migração pra não bagunçar as coisas, me disse. No fim das contas, só elas se beneficiam. E depois ela se permitiu e me contou mais problemas, mas talvez o que mais a incomodou foi que tinha duas universitárias que andaram dizendo que uma das primas estava assediando elas. E juro por Deus que não é verdade!, disse Carlota. O que aquela prima fez foi dar em cima de uma universitária, mas a universitária levou a mal. Ela não disse diretamente: Olha, eu não estou interessada, não gosto assim de você, mas saiu acusando a outra de estar assediando ela, e isso chegou aos ouvidos de uma das dirigentes mais antigas, e ela, em vez de ouvir a versão da prima, o que fez foi pedir pra ela não ir mais nas reuniões, porque ia prejudicar o movimento. Você acredita que ela disse isso pra uma mulher com três filhos em Cochabamba e que foi demitida do trabalho? Assim, sem perguntar se era verdade, mandou embora, por mais que essa prima já tivesse preparado um relatório sobre como não davam licença-saúde pra ela. E saiu sem ajuda jurídica e todas ficaram bem quietinhas. Por que não perguntaram a versão dela?, questionei. Porque essa senhora não gosta de sapatão, uma vez ela falou assim: Vejam, cada uma faz o que quiser da vida, mas não em público, porque prejudica o movimento.

Talvez a gente esteja mesmo levando tudo isso a sério demais. Talvez a gente devesse só continuar vivas e pronto, disse Carlota. Às vezes fico cansada, ela disse. De trabalhar, de fazer política. Não quero nada além de descansar e me jogar na areia e sentir o mar. Eu também, eu disse. Quero estar cercada por ondas. Vamos!, ela me disse. E nesse dia passamos o dia inteiro na praia. Fomos comprar um guarda-sol na loja, uns refrigerantes e uns pães com tortilha de batata da Mercadona e ficamos na praia de Somorrostro sem fazer nada. Lembro que mandei para Diego uma foto do mar com meus pés cheios de areia: Olha, com a vida feita, escrevi na mensagem. Ele mandou emojis de coração. E você o que está fazendo?, perguntei. Aqui, sozinho, como uma maldita ostra. Sou Diego García, uma maldita ilha, ele respondeu, e colocou emojis de ondas. Duas semanas depois foi quando ele se matou. De volta a Madri, perdi contato com elas. Nada pessoal, a vida é assim, você acompanha quando tem que acompanhar, mas de resto fica só com você mesma.

Um dia você vai parar de me ouvir, Diego me disse uma vez, quando era pequeno. Diego profeta. Por que você diz isso? Estou te ouvindo, eu falei para o alto, meio sem prestar atenção, porque estava vendo televisão. Eu sempre te ouço, Diego. E ele disse que sim, sim, e continuou brincando para depois se levantar, ficar na minha frente e, com a mão direita, fazer uma arma e me dar dois tiros. Eu me joguei baleada do sofá para o tapete da casa dos meus avós. Morre, morre!, Diego gritava, e eu me fazia de morta. Ele gostava muito de brincar de soldado de guerra e eu deixava que brincasse quando a minha avó não estava olhando, porque se ela visse poderia nos castigar: em casa de soldados não se brinca de guerra.

    Naquele dia Diego começou a montar uma fortaleza com travesseiros e almofadas. Eu vou te matar!, me gritava com seu sorriso banguela, e eu fingia também ter uma arma e fingia que me defendia, mas eu sempre caía morta e fechava os olhos até que ele fosse me dar o tiro final, o tiro de misericórdia. Fiquei assim uns cinco segundos, talvez mais, esperando o clique da boca dele para me contorcer e morrer pra sempre, mas a próxima coisa que ouvi foi algo caindo e os pratos quebrando. Diego tinha subido na cristaleira pra se jogar contra mim, mas não calculou direito e o móvel caiu em cima dele. Levei um susto enorme, Diego tinha um corte na testa e outro na mão, e quase toda a louça da minha avó tinha quebrado. O goro goro a mil. Meu Deus, Diego, o que você fez! E Diego chorando sem parar e eu apavorada sem saber o que fazer. Tentei limpar a testa e a mão dele, mas o sangue não parava. Tive que ligar pros meus avós, que tinham ido à feira. Voltaram assim que puderam, e o meu avô mal olhou pro meu irmão, com a testa aberta, e já pegou um táxi e levou ele pro hospital. Fiquei com a minha avó. A princípio ela não disse nada, e eu comecei a recolher os pratos quebrados e a tentar varrer. A minha avó estava na cozinha guardando as coisas que haviam comprado e, quando passei por ela pra pegar a pá do lixo, ela começou a brigar comigo. No que você estava pensando? Em nada, vó, óbvio que em nada, estávamos brincando. Ela me deu um tapa. Você é burra por acaso? Não, eu disse já mais preocupada com a sua reação. Não me interrompe quando estou falando com você! E outro golpe no rosto. No que você estava pensando? É uma criança!, ela gritou. Eu sei que é uma criança, eu sei, sou eu que cuido dele e eu também sou uma criança! A minha avó se transformou no meu tio: com a colher de sopa ela começou a me bater e eu quis sair correndo da cozinha, mas ela me perseguiu e começou a puxar o meu cabelo e a gritar comigo. Nem quero lembrar o que me disse, mas deixou muito claro que eu era uma imbecil e que podia ter matado o meu irmão. Quem dera a tua mãe não tivesse parido vocês, já que ela não queria assumir! E eu chorando sem parar e respondendo, sempre respondendo, não fiquei calada. Talvez você também não devesse ter tido ela! E mais tapas pra cima de mim. Eu não quero ser responsável por ninguém!, disse pra ela. Eu também não quero morar nessa casa, nem ter essa vida! Eu também sou uma pessoa, odeio vocês, odeio todos vocês! E a minha avó bateu com força a minha cabeça contra a parede. Então senti uma vertigem muito forte e perdi o equilíbrio. Não lembro o que mais aconteceu, ou sim, mas não vou lembrar. O que eu sei é que eu não fui levada ao médico, ainda que tenha perdido sangue pelo ouvido. A minha tia Carmela me levou uns comprimidos para a dor, porque eu disse que sentia que às vezes perdia o equilíbrio, embora a minha avó não acreditasse em mim. A minha tia Carmela ia me visitar de tarde, colocava umas batatas dos dois lados da minha testa e dizia que isso ia me curar. Eventualmente me curou. A minha avó e eu nunca conversamos sobre isso. Fingimos que nada tinha acontecido. Mas a minha mãe ficou sabendo porque a minha tia Carmela contou. A minha mãe acha que a minha avó, com aquele golpe, apenas descobriu o que eu já tinha desde antes.

Com a coisa de não ouvir bem, eu nunca me importei. Mas já em Madri, depois do que fez Diego, voltei a sentir vertigens com frequência. A minha mãe disse que eu precisava fazer exames, porque era perigoso. Então ela lavava os meus ouvidos e eu sofria muito. O meu estômago começava a se revirar só de ver que ela pegava a água oxigenada. Mas era o único jeito, segundo ela, de destapar o ouvido e acabar com a tontura. Quem levou a bronca do médico fui eu. Por que você faz isso?, me perguntou quase horrorizado. Aí ele me pediu exames mais detalhados e demoraram seis meses pra marcarem hora. Aí me perguntaram se eu tinha feito tratamento no México e eu só disse a verdade, embora modificada: que quando meu ouvido infeccionava e saía pus, me davam antibiótico, e que demorava muito pra desentupir. E não te disseram se isso é congênito? Então começaram a me testar e me avisaram que era mais grave do que eu pensava e que era provável que algum dia eu perdesse a audição pra sempre.

Pergunte ao médico se podem te diagnosticar com surdez crônica, ou seja lá como chamem, que isso conta como incapacidade permanente; se for assim, não precisamos mais nos preocupar com os teus documentos, porque você continuaria dependente de mim e talvez até te deem algum dinheiro. Fiz uma careta. Eu não queria pedir nada ao médico nem parecer abusada. O que você acha que vai acontecer quando terminar o teu visto de residência, se não tiver um emprego? O que você vai fazer? Já pensou nisso? Eu não tinha pensado em nada, e minha mãe tinha razão. O que me irritava era o jeito dela, a maneira que ela tinha de me fazer sentir duplamente inútil: por ser surda e por ser idiota por não saber construir um futuro pra mim.

Quando falei com Marina sobre Diego, eu vi que ela estava triste e tentou me convencer que vários colegas também tinham ficado. Nos abalou muito, ela disse. Todos achávamos que ele era uma pessoa muito inteligente, que era questão de tempo pra se adaptar. Quem são todos?, eu pensei. Todos? Porque nas poucas vezes que estive na escola eu sempre saí com raiva, porque a maioria dos professores parecia viver em outra época. Não entendiam nada: não nos entendiam e nem aos outros; estavam inseridos em sabe-se lá que mundo onde a autoridade era mais importante que o respeito. Ou onde o respeito era sinônimo de autoridade. Lembro que numa das reuniões de pais, toda vez que os pais perguntavam sobre os deveres de casa, sobre o comportamento, sobre os planos de estudos, a resposta era sempre a mesma: Quem não cumpre é expulso da sala. E era assim com tudo: se a minha filha isso, expulsamos. Se meu filho aquilo outro, expulsamos. Se fulano, se beltrano, expulsamos, expulsamos, expulsamos. E se anunciava como colégio muito público, mas continuavam tendo aula de religião. E não tem nada de eletiva? Sim, os valores éticos, mas é sempre o mesmo: o Estado, o Estado que veneramos. Sério que sim. O pior é que não aceitavam críticas. Lembro que daquela vez perguntei: E não tem como não expulsar, mas integrar? Você é muito nova pra entender, o monitor me disse, mas ter um grupo de adolescentes é assim, ou expulsamos ou incomoda a turma toda. E não se poderia pensar que é a pedagogia ou os professores que estão falhando aqui? Não. Assim, retumbante: não. Eles estavam corretos, todos os outros errados. E se não fossem respeitados, culpado, culpado, já pro banco dos réus.

Moisés diz que os seus pais e ele estão aqui de passagem, me disse Diego uma vez. Pra onde querem ir? Pra Berlim, que talvez lá validem o diploma de medicina da mãe dele e talvez lá ela possa exercer. E o que segura eles aqui? Pois os vistos. Ih, então já era, eu disse um pouco debochada. Eu gostaria de ir pra Berlim, talvez lá seja diferente. O problema não é só a Espanha, eu disse, o problema é que você não é europeu. Então pra Nova Iorque. Vou pra Nova Iorque. Mas Nova Iorque também não era o destino de Diego, embora teoricamente ele fosse americano.

E o que você vai fazer?, eu sonhava o tempo todo que Diego me perguntava enquanto entrava pela minha janela e queria me puxar para junto dele. O que você vai fazer?, ele dizia, e eu me agarrava ao cobertor colorido para não cair. E eu ficava com medo, porque sabia que ele tinha se jogado e não queria vê-lo morto, então eu gritava e gritava até acordar perturbada. Quem sabe o que era pior, se acordar ou continuar dormindo.

Eu também roubava dinheiro da minha mãe quando era criança. Isso não contei a Diego, mas é verdade. A minha mãe trabalhava numa confeitaria, primeiro como ajudante de não sei o quê, depois como gerente de um departamento. Isso era importante, porque o meu avô não mandou a minha mãe para a escola tanto quanto ela teria gostado. Pra quê, se de qualquer forma um homem vai sustentá-la? E a minha mãe trabalhava de domingo a domingo, com uma folga em dia de semana, que às vezes ela usava só pra dormir, literalmente pra dormir: se levantava ao meio-dia pra urinar e depois voltava pra cama, sem comer, sem fazer nada além de dormir. E era nesse dia que eu vasculhava a sua bolsa e pegava o cartão. Não foram poucas vezes que saí escondida pra sacar dinheiro no caixa do banco que ficava a duas quadras de distância; às vezes vinte pesos, às vezes cinquenta. Não foram poucas vezes, e eu sei que ela não descobriu porque uma vez, quando eu acompanhei ela ao shopping e ela sacou dinheiro, me disse: Ah, esse chefe, ele disse que ia pagar as minhas horas extras e não pagou. Pagou, sim, eu pensei, mas as horas extras ficaram comigo.

    A minha mãe não gostava da tecnologia, nem dos celulares, nem dos computadores, sequer dos fornos de micro-ondas. Até mesmo já em Madri, eu via como ela preferia esquentar água numa panela para fazer seu chá do que colocar a xícara no micro-ondas. Não gosto dessas porcarias!, ela dizia. E me aproveitei disso, peguei muito dinheiro dela assim, de comissão em comissão, de hora extra em hora extra, eu sempre tinha dinheiro na bolsa. Depois, a minha mãe foi pra Madri, eu não sei quem lhe deu a ideia, mas mais tarde descobri que ela pensou muito sobre isso, se iria pra Espanha ou pros Estados Unidos, mas alguém disse que era mais fácil entrar como turista na Espanha e deu certo.

Não é a mesma coisa entrar por avião do que pelo deserto ou pelo mar. Te tratam mal, mas não te segregam de cara, você pelo menos tem teus três meses de Espaço Schengen pra ver como vai fazer. Nos Estados Unidos são seis meses, mas o idioma é uma barreira, e a minha mãe não fala inglês, por isso ela sempre pagou aulas pro Diego e pra mim. Para que possam ir onde quiserem, que o maldito idioma não seja um impedimento, dizia a minha mãe. E assim também peguei dinheiro dela. Se a garota que nos ensinava inglês cobrava cinquenta pesos a hora, eu dizia à minha mãe que eram setenta e cinco. Eu fui assim, o tempo todo: uma aproveitadora. Diego não soube disso.

    Lembro que a minha mãe disse que queria ir embora do México, mas eu não levei a sério, porque as pessoas falam coisas da boca pra fora, principalmente a minha mãe, que tem um senso de humor nocivo que se manifesta por conta própria. Como se no estômago dela corresse a ironia e ela apenas se dedicasse a vomitá-la, não por maldade, mas porque ela é assim, a minha mãe é assim e levei anos para entender. Porque nem tudo é sobre você! Porque eu também sou uma pessoa! Porque eu não acordo todos os dias pensando em como vou estragar o teu dia!, ela me dizia cada vez que brigávamos. E eu: Porque sim, é sobre mim! Porque você me magoa! Porque eu te odeio! Mas nunca odiei a minha mãe, apenas não a entendia. Não a entendia e não quis entendê-la. Por isso, quando ela disse que queria sair do México, eu pensei: Ah, sim, claro. Se ela tem medo de avião, se ela é a mais feia, se os meus avós acham que ela é incapaz de qualquer coisa. Eu a menosprezei, e quando a vi forte, forte sem mim, fiquei com muita raiva, mas depois entendi o desprezo que ela tinha pelo mundo dela: Olha esse maldito lugar, aqueles senhores andam até com motoristas e guarda-costas, e pra nós a festa é nesse salão de merda que tem teto de chapas. A minha mãe ficou muito brava quando, no jantar de fim de ano da confeitaria, fizeram uma festa num salão xumbrega. Acho que foi isso que detonou seu ódio pelo país. Fico trabalhando doze horas pra esses aí viverem no bem bom enquanto nos dão copos de isopor e talheres de plástico! Ficou reclamando a festa inteira pra uma das colegas. Eles também não entendiam ela, diziam pra agradecer, que quase nenhuma empresa fazia festas de fim de ano como aquela, mas minha mãe continuou: Exploradores de merda, eles nos veem com pena, desgraçados.

Antes de viajar pra Madri, pedi ao meu avô pra irmos à confeitaria onde a minha mãe trabalhava. Fomos ele, Diego e eu. Eu queria uma daquelas tortas que a minha mãe trazia nos fins de semana, de café moca. Deliciosa, mas, depois de semanas e semanas, já tínhamos cansado de comê-la, dava um fartão. Mas eu queria talvez fechar um ciclo ou sei lá, e me deu vontade de comer um pedaço pra celebrar que íamos estar juntos, nós três. Mas a confeitaria já não existia. Ficava na Insurgentes Sur, bem perto da San Ángel. Já era outra coisa, acho que vendiam azulejos de banheiro. Senti uma coisa ruim. Eu estava querendo dizer à minha mãe: E nós fomos e as tortas não estavam mais boas, depois que você saiu, elas não têm mais o mesmo gosto. Mas não havia mais nada. De qualquer forma, eu contei pra ela e ela me disse: Que bom, que bom que fecharam, espero que tenham falido, agiotas de merda, roubaram nosso tempo descaradamente, ainda bem que faliram, ainda bem que não estão mais lá.

Jimena, por exemplo, dizia que nós, os mexicanos, éramos pessoas barulhentas. Ai, mas como são chorões, nos dizia. Vocês têm tudo, alguns dos melhores recursos naturais do mundo e vivem enchendo os bolsos, de pernas pro ar. Não é verdade, Jimena, não diga isso, tem muita gente pobre que isso e aquilo, eu dizia a ela. E no meu país como é, menina? A nossa comida era racionada e às vezes não era o bastante. Filas e filas e horas e horas pra depois voltar pra casa sem nada. Você passava por isso? E começávamos a brigar pra ver quem era mais pobre, por isso depois não simpatizávamos com as amigas de Jimena quando começavam a falar da escassez da guerra civil. Oh, não, é que o meu avô, como sofreu o meu avô, diziam. Fomos muito pobres. Fomos?, ria Jimena. Os teus avós foram, não você. Conjuga direito, menina, que aqui a gente se arranca os cabelos pra ver quem foi mais miserável e você vai perder. Pelo discurso e pela eloquência, Jimena sempre vencia; sempre nos colocava no nosso lugar e sempre rindo. Ela era sempre só risadas e carinhos. Por isso, quando me perguntam se Jimena é minha mãe, respondo que sim: tenho duas mães. Madri me deu isso.

E meu pai? Quando você vai me contar quem foi meu pai, quando você vai falar sobre isso comigo?, perguntei à minha mãe. E ela me olhou surpresa. O que você quer saber? Pois a verdade. Que verdade? Ai, mãe, pois seja lá o que for, eu não sei nada. Você não tem pai, você não anda dizendo por aí que Jimena e eu somos suas mães? Onde é que entra aí o maldito pai, pra que você precisa dele? Só pra saber. Mas a minha mãe nunca me contou a sua história, dizia que não queria que eu usasse seu passado para adorná-la com cadáveres psicanalíticos. É assim e pronto, ela insistia. Não procure mais. Também não contou se foi estuprada. Se todas dissermos que fomos estupradas, então ninguém foi estuprada, entende? Não, eu disse, não entendo. Todos fomos roubados de alguma coisa, e todos estamos roubando, continuou, me entende? Não, eu não entendo! Bom, olha aí você, me disse seca. E sei que me pareço com ela, porque sou igual: olha aí eu com a minha verdade.

Entendi que não existem verdades, apenas pontos de vista. Eu, por exemplo, vejo poucas coisas bonitas onde quer que seja, como se estivessem me sacaneando e eu estivesse brigada com todo mundo. É assim que me imagino: caminho pela rua e as pessoas nas sacadas e eu estapeando todos. Um tapa pra você por ser racista, pra você por ser pau no cu, pra você porque sim, pra você porque me olha torto, pra você, pra você, pra você. Pra todos uma bofetada, ninguém se salva, nem eu. Bofetada, bofetada e bofetada. Mas me diriam que sou selvagem, bárbara, mexicana. Ou colombiana, e me enfiariam o dedo no ânus pra ver se não estou transportando drogas. Porque foi assim antes de eu ir deixar Diego no México, com todos tudo certo, *next*, *next*, mas você, pra revista especial. Por que eu? É assim, aleatório. E por que precisamente eu, o que tenho de suspeito? Quietinha, menina, não dificulte. Que coisa estranha tem na minha mala, o que vocês procuram? Isso é normal. Pois claro que é normal, súper normal, por isso que vou armar um barraco, pra deixar bem às claras. A pessoa fica calada quando acredita que tem algo a perder, mas eu já tinha perdido o meu irmão, por que ia me calar? Quieta, vai pra lá! E me mandaram com outro guarda, que era um babaca e que fingiu olhar pras minhas coisas. Se de qualquer forma eu estou indo pro meu país, que diferença faz pra eles? Que ódio. Uma bofetada pra ele na minha mente, bofetadas pra todos. Por que você está sempre com raiva?, minha mãe me repreendia. Por que você não está com raiva? Essa é a pergunta!

Mas no México era a mesma coisa, só insatisfação. Lá eu ficava calada porque tinha algo a perder, inclusive a vida. O que me garantia que a minha avó não perderia as estribeiras de novo ou que o meu tio não sentiria ódio da esposa e usaria isso contra mim quando viesse nos visitar? O que me protegia do esposo da minha tia Carmela? Se uma vez, numa refeição em família, eu estava de calça jeans e camiseta meio justa e ele passou o dedo pela minha cintura e disse: Olha, você é bem magra, mas já está no ponto. Foi o que foi, ninguém precisava me explicar, eu sei o que senti e por isso me afastei rápido e não quis mais chegar perto dele, nem queria vê-lo, nem mesmo quando estávamos procurando pela tia Carmela e seus filhos, ou ainda menos nessa ocasião, porque eu vi o babaca que ele podia ser antes que fosse.

Então calada, sempre calada. Embora as universitárias nas reuniões das primas nos dissessem: Não se cale, o seu silêncio faz mal a todas nós! Embora o silêncio tivesse sido o que nos manteve vivas. Pelo menos eu, porque o meu silêncio não era mais que mera precaução. Silêncio diante dos sapos que não faziam nada comigo, mas destruíram tudo. E talvez esse seja o poder do silêncio: manter-se isolada, ser uma ilha que sobrevive apesar das ondas de idiotas que vivem ao nosso redor. Nada de bofetadas, nada de tapas, só silêncio, como o silêncio que se apodera do meu ouvido direito e, como diz o otorrinolaringologista, mais cedo ou mais tarde vai se apoderar também do esquerdo. Silêncio.

Por que você fala comigo desse jeito sabendo que eu amava o seu irmão?, Marina me perguntou quando fui vê-la na escola para que ela me desse as coisas que tinha de Diego. Não sei se você vai querer, me disse, eu não me importo de ficar com elas. Sim, eu quero, Marina, melhor que fiquem comigo. E ela me deu um boné dos Yankees que o meu avô tinha dado pra ele de presente e seu livro de espanhol. Não sei se era o roubado ou o substituto, mas senti uma coisa muito ruim. Obrigada, Marina. Não quis ser grossa com você, é o jeito que eu falo. Tudo bem, ela me respondeu triste. Eu amava ele, sabe? Amava de verdade, mas não como ele precisava. Eu amava mais como amigo do que qualquer outra coisa. Aham, tudo bem. Mas agora todos os dias sonho com ele e não consigo dormir, me disse. Lamento, Marina, foi a única coisa que consegui dizer, porque quem dera eu sonhasse com ele e não com o seu corpo no eterno quash, pum, crag.

 Olha, esse é o Bolívia, ela me disse, apontando para um garoto comum, mas de olhar rancoroso. Eu olhei para ele fixamente e quis dizer: Paspalho. Mas segurei a vontade e ela foi parar no goro goro do estômago. Bom, obrigada, Marina. Que a tua vida seja boa. Quando quiser, podemos conversar, você pode me escrever, ela insistiu para continuar conversando, mas eu já estava prestando mais atenção ao Bolívia, que segui até o parque do La Vaguada e vi dar risada com os amigos, e sabe-se lá o que diziam, mas eram visíveis as gargalhadas e a adolescência e tudo o mais que meu irmão nunca teria. Eu estava encostada numa árvore observando eles vivos, todos eles. Respirando, com o sangue correndo nas veias, com os órgãos em funcionamento. Lá estavam, como se nada tivesse acontecido, como se o meu irmão nunca tivesse pisado no chão que eles pisavam, como se nunca tivesse existido. E me deu vontade de ir lá, e até imaginei: ir e dar um tapa tremendo em cada um deles. Mas o que eu ia dizer? Em você por roubar o livro do meu irmão, em você por isso, em você por aquilo? Guardei no estômago, não ia ser a latino-americana violenta, selvagem de merda, que reproduzia o sistema de violência do qual fugia.

Uma vez Joana convidou a mim e várias colegas para uma festa do pijama na casa dela. Não lembro por quê, mas todas nós dissemos que íamos e não fomos. Ruth e eu, bem conscientes de que não iríamos, mesmo assim prometemos a ela que levaríamos sorvete. Mas não me lembro de ter feito isso por mal, ou como uma pegadinha, apenas fizemos. Deixamos Joana com a pipoca, a mãe preparando o jantar e o filme na tevê, e ninguém apareceu. De fato, ainda lembro que no dia que vimos ela novamente eu falei com ela como se nada tivesse acontecido, porque não entendia que a tínhamos magoado. Qual é, Joana? E Joana me olhou com desprezo e não quis falar comigo. Então fui perguntar a Ruth o que ela tinha. Nós não fomos na festa do pijama! E me caiu a ficha. E me arrependi daquela grosseria, mas não pedi desculpas, deixei de lado. Somos cruéis principalmente quando não queremos ser.

Com o tempo Joana voltou a falar comigo, já não estávamos no fundamental, mas sim no primeiro ano do ensino médio. Ela ia no turno da tarde e eu no da manhã. Eu estava quase sempre com pressa, porque tinha de correr para buscar Diego, e só consegui dizer: Tchau, Joana! E ela me disse: Tchau!, com um sorriso, como se com aquele cumprimento voltássemos a ser amigas. Mas a realidade é que nunca fomos próximas e não é que eu não fosse com a cara dela, é que, de fato, nunca me perdoei pelo que fiz e sempre fui um pouco condescendente com ela. Olá, Joana, o que está fazendo?, eu perguntava se a encontrava na loja ou no parque ou onde quer que fosse, e ela, ainda com um sorriso infantil, me contava o que estava fazendo. Talvez fosse isso que me dava um desespero, aquele toque infantil dela, que não desaparecia com os anos. Ah, ela é um pouco bobinha, Ruth me dizia, e eu não dizia que sim, embora pensasse o mesmo. Pras bobinhas temos que sorrir, é isso, Ruth me dizia, e nós sorríamos.

Aí aconteceu que um dia Joana começou a namorar um amigo de Ricardo e Ruth veio com o de sempre: que com o Ricardo não dá, não falem com ele, que o pai dele é ruim. Meu namorado não é do mal, ele não tem culpa do que o pai do Ricardo faz. Foi Joana quem me disse que o pai de Ricardo era traficante. Mas ele é militar, eu disse. Mas também traficante. Quem te disse isso, Joana? Não seja bobinha, não acredite em qualquer coisa. Não sou boba, todo mundo sabe disso, até a tua avó, todo mundo sabe. E se você sabe, por que namora alguém que está tão perto do tráfico? Meu namorado não tem culpa do que o pai do Ricardo faz! Lembro disso e penso que talvez hoje ela ainda pudesse estar viva. Se todos sabíamos, por que não dissemos nada?

A minha avó contou que o que houve com Joana colocou todos em xeque na unidade militar. Todos se olharam no espelho: poderiam ser as próximas desaparecidas ou a próxima família com um feminicida em casa. Ninguém a salvo. Todo mundo se olhando com o canto do olho pra ver quem tinha o rabo mais longo e o mais preso.

Muitas senhoras disseram para a mãe de Joana que corpos estavam aparecendo no Río de los Remedios, que ela podia procurar lá. E ela foi. Descobriu-se que um dos assassinos de tantas jovens era um militar. Começaram a fazer conexões, mas não havia nada de concreto entre esses casos. E Joana? Desaparecida, mesmo quando entregaram o corpo à mãe, Joana continuou desaparecida. A senhora dizia: Não, não, essa não é a minha filha, e as pessoas diziam que sim, que era ela, que já tinha que deixá-la descansar, e as amigas de Joana carregando seu caixão e chorando aos berros, mas sua mãe não, porque não, aquela não era a sua filha. Por isso o irmão continuou investigando e mexeu mundos e fundos e conseguiu dar razão à sua mãe. Aquela não era a filha dela. Joana continuava desaparecida. Você acha que vou encontrar a Carmela sabendo que ela foi levada, sabendo quem foi? Não vou encontrar, disse a minha avó. Nem Joana, nem a tua tia, nem os teus primos vão aparecer. Agora você entende que o pior não é a morte ou vai esperar desaparecer pra descobrir? Vá para Madri.

Joana uma vez me deu um anel de prata. Me disse que tinha ganhado do seu pai, que havia morrido em uma emboscada que os narcotraficantes fizeram contra ele em um campo de Michoacán. E por que está me dando? Porque somos amigas, ela me disse. Mas foi o teu pai que te deu. E por isso você vai cuidar dele, certo? Fiquei com ele. Porque era bonito, era de prata, de Taxco, bem fininho, elegante. Alguns dias antes do que aconteceu na unidade militar, os corpos pendurados e a situação da minha tia Carmela, levei uns lírios brancos pra mãe de Joana. Embrulhado em uma caixinha coloquei o anel. Isto é para a senhora, eu disse à mãe dela. A mãe dela não sabia do anel, eu contei a história, ela começou a chorar e me agradeceu e me deu um abraço apertado enquanto eu tentava colocar a capa de chuva antes de sair da sua casa. Que boa amiga você é!, ela disse, e eu mal consegui soltar um ah, só para dizer alguma coisa. Mas Joana e eu não fomos verdadeiramente amigas. Por isso também acho que é hipócrita me sentir mal pela morte dela, e por isso eu não podia pedir ao Bolívia que se desculpasse com a memória do meu irmão.

Nós também tivemos um cachorro, como Ricardo. Não era muita gente que tinha cachorro naquela época. Dentro da unidade militar eram poucos que tinham, imagino que por serem apartamentos pequenos onde eles não cabiam. Mas nós tínhamos um: o Flaco. Um dia ele grudou no meu avô e não desgrudou mais até morrer de velhice. Ele chegou já mais velhinho, de fato, já meio pulguento e sarnento. O meu avô e Diego deram banho nele e levaram ao veterinário pra tratarem ele. A minha avó não dava muita atenção pra ele, ela não gostava dos pelos, mas o Flaco ficou lá até morrer. E eu lembro bem, porque todos sofremos, mas principalmente Diego. O meu irmão era pequeno e ia a todo lugar com o cachorro. Flaco, vem; Flaco, aqui; vem, Flaco, Flaquinho, Flaquinho, se escutava o dia inteiro pela casa. Vovó, dá a minha comida pro cachorro, eu não aguento mais. E a minha avó dizia não, que, aliás, se ele não comesse tudo, então o Flaco também não ia comer. Foi assim que fizemos Diego comer sem cara feia.

Mas o Flaco durou pouco, naquela casa tudo durava pouco. Eu meio que me bloqueei, assim que vi ele doente, olhei pro outro lado e não falei mais com ele nem lhe dei atenção. Exatamente como foi com o pai do meu irmão: só de vê-los mais pra lá do que pra cá, eu já levantava a guarda. Aqui não, por aqui não vai passar a dor, eu me protegia. Mas Diego, sim, Diego se deixou levar pela dor. Lembro que umas duas noites antes que morresse, Diego se deitou no chão e começou a falar com o cachorro: Você já teve a tua vida, Flaco, você nos fez felizes. Você pode morrer agora, não sofre mais. Eu me arrepiei toda. Nesse momento eu devia ter prestado atenção no meu irmão, e talvez eu tenha, e talvez também tenha levantado a guarda e decidido ir para Barcelona, longe dele, porque sabia que ele ia morrer.

Uma vez Diego chegou chapadíssimo. Dava pra ver porque ele já era muito grande e estava mais desajeitado do que de costume. Ele derrubava as coisas e se mexia em câmera lenta. A minha mãe ficou muito mal. Gritou de tudo pra ele. Dessa vez Jimena não estava lá. Ai, mas como é paspalho!, dizia a minha mãe. E Diego rindo, com os dentes grandes mordendo os lábios a tal ponto que nem conseguia falar. Será que ele não está intoxicado?, perguntou a minha mãe. Dei de ombros. Era só o que faltava, que fosse maconheiro! E eu: Melhor maconheiro do que traficante. Como você diz uma coisa dessas?, ela se queixou. Mas eu falava sério, melhor ser acusado de consumir do que de vender. Se o acusassem de vender ele ia parar numa prisão de segurança máxima, eu não tinha dúvidas. Mas a minha mãe não entendeu a minha lógica e disse: Não te mete, diabos, não te mete, não dá corda pra esse descarado que acha que eu trabalho pras besteiras dele. Não me meti. Pelo menos não com a minha mãe. A minha mãe nos deu todo um discurso, porque a família dela estava há anos em perigo por causa desses tumultos. Ameaçam todo mundo, tem até uma guerra, e vocês acham que as drogas são só diversão! Diego riu. Do que você está rindo? O que você acha que o teu tio vai fazer em Guerrero ou Michoacán, passar as férias?

Depois eu quis conversar com Diego, mas só pude ouvir o que ele falava para não sei quem. Estava perguntando para alguém se estava na sua cama, se estava com o blusão dele, se queria trepar com ele. Fiquei chocada. Deixei o problema pra minha mãe. Afinal, pensei, ela é a mãe, ela que se vire. Levantei a guarda.

Depois de um tempo, decidimos mudar de casa. Morar no mesmo lugar onde Diego morreu nos deixava muito mal. Demoramos para decidir. A minha mãe e eu tínhamos dúvidas. Por um lado, pensávamos que sim, que era melhor; por outro, o goro goro do estômago nos impedia. Ir embora do último lugar onde ele esteve? Ficamos paralisadas, mas Jimena se fez presente. Nos levou ao Prospe, disse que íamos gostar. O nome parecia uma piada: Prosperidade, de Madri. Além disso, Jimena tinha conseguido um trabalho pra minha mãe no El Viso, numa escola infantil. Trabalho de papel passado, legal, estável. Um achado. Eu não vi a minha mãe passar pelo luto, nem no dia que cheguei de Barcelona ela parou de trabalhar e de cuidar de quem ela tinha que cuidar. Pelo contrário, a partir daí, ela se esforçava mais para trabalhar, o máximo que pudesse, manter a cabeça ocupada, por isso seu novo trabalho animou tanto Jimena. Vai ser bom pra ela, dizia, férias pagas, o que nunca teve, nem na confeitaria. E você, o que vai fazer? Tem que se decidir. Morar no Prospe, eu disse, só prosperidade. Mas ela não gostou da minha ironia. Não vai dar esse agrado pra tua mãe?, insistiu. Dar um agrado? Mas se já lhe demos razão! E era verdade, porque ela sempre disse com todas as letras: Ou você quer ficar pra sempre assim, neste quarto, nesta casa, nesta cidade? Não quer, mesmo que ache que sim, não quer. Minha mãe voando, do México pra Madri. A minha mãe desembarcando de Pilar pra El Viso e pra Prosperidade, quase esfacelada, mas firme. Minha mãe, sendo minha mãe, no seu solilóquio interno, saindo vitoriosa e fugindo do fedor de onde nem Diego nem eu queríamos sair.

Eu tentei. Não comigo mesma, mas com Diego. Dei o meu melhor, me esforcei o tempo todo. Segui as instruções e segurei a mão dele por muitos anos. Eu realmente tentei. Eu tento comigo mesma, mas não consigo. Não existe nada por que me pareça valer a pena lutar, a minha carteira de residência vai expirar em breve e não há horários disponíveis para solicitar uma nova. Jimena diz que vamos tentar de tudo, mas que eu tenho que dizer o que quero fazer e então fazer isso. Quer costurar, limpar, estudar? O quê? Faz alguma coisa. Mas eu não quero nada. Na maior parte do tempo fico no meu quarto pensando em Diego e olho para uma fotografia de nós dois juntos: eu com o cabelo trançado, com um vestido florido que eu não gostava, mas que o pai dele tinha me comprado, e Diego ainda com chupeta na boca, com os cachos desgrenhados, agarrado na minha saia. Espera, deixa eu tirar uma foto de vocês assim, disse o meu avô, e mandou imprimir para levarem para a minha mãe na casa da sogra dela. Mas a minha mãe não quis. Não quero ver Diego, ele é igualzinho ao pai, não quero. Bem igualzinho ao pai: fugaz. Então me agarro naquela foto, porque, como dizia Diego, nome é destino, e vejo nossos nomes escritos a lápis na parte de trás. Ainda somos esses: crianças assustadas e confusas que não vão ter uma chance.

O que acontece com os sonhos adiados, aqueles que não chegam porque você está com um pesadelo atravessado no cérebro que não te deixa dormir? Eles apodrecem, começam a feder? Talvez fiquem lá dentro, no estômago, como uma carga pesada e indigesta. Ou explodem e são as entranhas que fazem barulho à meia-noite. Por mais macio que seja o travesseiro, o pesadelo não para. Entra em looping. Como uma música que se repete o tempo todo na cabeça e você não consegue tirar. É Vampire Weekend no celular de Diego com sua melodia melosa. É a música de Diego impregnada no meu cérebro, porque sei que um dia não vou mais ouvi-la de verdade. O que acontece com os sonhos que não existem? Eles se jogam pela janela de novo e de novo e de novo, até que você queira se jogar também, mas Ezra Koenig volta a cantar e a música brincalhona se impõe. De novo e de novo. Ezra, janela, Ezra, janela, até se tornar absurdo mas real.

Se você pudesse saber o dia que vai morrer, você me diria? Não, claro que não, não seja louco, Diego. Por que você pensa nessas coisas? Só pra saber, me disse. Pensa aí, só pra saber, você me diria? Em que caso seria isso?, respondi. E se eu quisesse saber?, ele insistiu. Não sei, Diego, é muito foda pensar nisso. Você sabia que o Vampire Weekend vai tocar no México?, ele perguntou. Não pode ser! E aqui eles não vêm? Não vi nada. O que você diria pro vocalista? Pois nada, ele respondeu. Muack, muack, muack, fiz sons de beijos de mentira pra ele. Paspalha, ele disse, mas a voz falhou, deu pra notar. Que foi, Diego, você brigou com a minha mãe? E Diego sem conseguir falar, com alguma coisa presa na garganta, eu imagino. Você está chorando porque não vai ver o Vampire Weekend? E uma breve risadinha do meu irmão. Paspalha, ele disse, limpando a garganta. Muack, muack, eu te amo, Ezra Koenig. E Diego sorrindo, quero crer, quero crer que ele sorriu, sim. Já vou nessa, paspalha, ele se despediu. Tá bom, a gente se fala. Desligamos.

Duas horas depois, o telefone tocou de novo, mas eu não ouvi. Depois de novo ele, e eu segui sem ouvir a chamada. Mais duas chamadas do celular dele ficaram registradas no meu. Na quinta vez que tocou já não era o meu irmão, mas um número desconhecido que continuou insistindo muitas vezes até que finalmente vi a tela e atendi e me contaram sobre Diego. Eu não vi, mas é como se tivesse visto, porque fica martelando na minha cabeça e não me deixa dormir. Sempre a mesma imagem: Diego caindo e o som do seu corpo ao bater contra o chão.

AGRADECIMENTOS

A Alejandra Eme Vázquez, por estar no início da gestação desta ficção.

A Laura Ramos Zamorano, por me acompanhar em todos os momentos da escrita do romance e me ajudar com sua leitura crítica.

A Yuri Herrera, Jimena Gorraez, Emiliano Monge, Alexandra Saavedra e Daniela Rea, pela leitura: obrigada sempre.

A Paula Canal, por seu trabalho, e a cada uma das pessoas envolvidas no processo editorial deste livro.

Ao meu trio chilangaluz.

Copyright © 2022 Brenda Navarro
c/o Indent Literary Agency
www.indentagency.com
Título original: *Ceniza en la boca*

CONSELHO EDITORIAL
Eduardo Krause, Gustavo Faraon, Nicolle Garcia Ortiz, Rodrigo Rosp e Samla Borges
TRADUÇÃO
Julia Dantas
PREPARAÇÃO
Jéssica Mattos, Rodrigo Rosp e Samla Borges
REVISÃO
Alice Meira Moraes e Evelyn Sartori
CAPA E PROJETO GRÁFICO
Luísa Zardo
FOTO DA AUTORA
Noelia Olbés Mendaño

DADOS INTERNACIONAIS DE CATALOGAÇÃO NA PUBLICAÇÃO (CIP)

N322c Navarro, Brenda.
Cinzas na boca / Brenda Navarro ; trad. Julia Dantas.
— Porto Alegre : Dublinense, 2023.
176 p. ; 21 cm.

ISBN: 978-65-5553-099-5

1. Literatura Mexicana. 2. Romance Mexicano.
I. Dantas, Julia. II. Título.

CDD 868.972036 • CDU 860(72)-31

Catalogação na fonte:
Eunice Passos Flores Schwaste (CRB 10/2276)

Todos os direitos desta edição
reservados à Editora Dublinense Ltda.
Porto Alegre • RS
contato@dublinense.com.br

Descubra a sua próxima
leitura na nossa loja online

dublinense .COM.BR

Composto em TIEMPOS e impresso na PRINTSTORE,
em AVENA 90g/m², no INVERNO de 2024.